目 录
CONTENTS

天界

阿罗

浙江诗人

天界◎主编

ZHEJIANG
SHIREN

2022

上海文艺出版社
Shanghai Literature & Art Publishing House

图书在版编目（ＣＩＰ）数据

　　浙江诗人．2022 / 天界主编． -- 上海：上海文艺
出版社，2023
　　ISBN 978-7-5321-8335-7

　　Ⅰ．①浙… Ⅱ．①天… Ⅲ．①诗集－中国－当代
Ⅳ．①I227

　　中国版本图书馆 CIP 数据核字 (2022) 第 089264 号

发 行 人：毕　胜
策 划 人：杨　婷
责任编辑：李　平　程方洁
封面设计：悟阅文化
图文制作：悟阅文化

书　　　名：浙江诗人．2022
主　　　编：天　界
出　　　版：上海世纪出版集团　上海文艺出版社
地　　　址：上海市闵行区号景路 159 弄 A 座 2 楼
发　　　行：上海文艺出版社发行中心发行
　　　　　　上海市闵行区号景路 159 弄 A 座 2 楼 206 室　201101　www.ewen.co
印　　　刷：成都市兴雅致印务有限责任公司
开　　　本：880×1230　1/32
印　　　张：9
字　　　数：195 千
印　　　次：2023 年 1 月第 1 版　2023 年 1 月第 1 次印刷
Ｉ Ｓ Ｂ Ｎ：978-7-5321-8335-7
定　　　价：68.00 元

　　告读者：如发现本书有质量问题请与印刷厂质量科联系　T：028-83181689

黄晓华

寿劲草

吴警兵

许春波

应满云

俞昊杰

周小波

朱碧璐

天界

本名池天杰，汉族，1969年出生，浙江黄岩人，本科
学历。中国作家协会会员，曾参加中国作协《诗刊》
社第24届"青春诗会"、《诗刊》社第十届"青春回
眸"。1986年开始写作，1988年开始发表作品，以诗
和评论为主，作品见于国内各主要诗歌刊物。出版有
诗集三本，合集两部。另著有诗歌评论集《穿过针
眼》、诗集《台州，神仙居住的地方》《天界十年诗
选》等。现为浙江诗人公众平台总编，浙江省文联
《浙江诗人》主编。

仲冬之雨

一场大雨，接通天空和大地
一场大雨，有着人间的悲喜

一场大雨中夹带词语
牵出心中的猛虎和豹子

一场大雨，在黄昏时分落下
从紧急通知里，流星般出现

一场大雨，预示春天即将到来
鲜花铺上崎岖之路，流水迎接流水

一场大雨，如一次重生
正好在这一天，告诉我一个人到来

春天的祈祷

——写在2015除夕

——伟大的一天。巨钟细小的指针
落在人们心尖
好事总是慢慢到来
比一个人越过自己影子的脚步
缓上半拍

命始终无法揣测
它是懦夫，也是不露声色的老汉
谁挺立身子
谁就消解了屈辱

天不会自降大任与人
儒家少有善终。野道士胜过猛虎
这一年风调雨顺
所有蜡梅，开得像神仙

在寒山湖丑时，酒后回房有所记

小石径通向幽静和春梦
如此深夜，还有谁和我一样醒着？
寒山湖空荡荡
似乎隐藏着秘密和风暴

不为人知的心事
面对巨大虚无，如湖面的波光坍塌
不知道该如何把一个人从抑制中解脱出来

一个人酒后
游荡冷风里。打不开的门
是否提示盛宴并没有结束

天空那颗最好看的星
是谁的眼睛？我走一步，就闪亮一下

在寒山湖，写一首情诗

天地之间，风是自由的
比水更柔更野性
似乎没有任何东西可以阻挡它

一个隐忍的人
埋下宿命和希望。风穿过寒山湖
穿过水中鱼的身体
深夜的路灯下，风穿过我

我能掏出一个旧身影吗
如一片老茶，泡出青涩单纯
野性的当年

夜色下的寒山湖

高唐之后无神女。美人都去哪儿了
在寒山湖
水是一滴泪，是一千年悲情
你可以大碗喝下米酒
怀藏醉意。从孤独的深夜摘下星星
捞起水中月

它离凤凰台那么远
笙箫就不必了。这里不是骊山
那个帝王也不好色
而天下只有一个六如亭
在寒山湖，你还可以把缠绵的宋红
带回去献给心上人

夜晚终将过去
不必清醒。一个人在自己体内行走
谁能停止狂奔。谁能把爱恨
一分为二

临岐之夜

临岐深夜端出来的美酒有毒
盛着美酒的酒碗有毒
酒碗中倒映着的酒窝，有毒

酒窝，盛放酒窝的脸有毒
在临岐深夜，大街上一起走着的人有毒
走着走着酒窝里就端出了美酒

走着走着美酒就盛满了酒碗
盛着美酒的酒碗有毒
临岐深夜端出来的美酒，有毒

那张喝醉酒的床有毒
有毒的床很美
床上，始终摸不出一个有毒的酒碗
缺少一个有毒酒碗的床，是否有毒？

宝贝

好梦。
安睡。快乐。那么美那么美——
很安静的香。

雨从天空下来，这人间美好的过客。
"这些不胫而走的信息
从昨夜的预言流入"

请闭上你的眼睛，接受神的祝福。
经幡已铺向前世。
命中注定，这一天有王者归来——
不是荣耀。也不是刻骨的毒。

罂粟结出了果子。大地不会空闲。
那杯酝酿半生的好酒，正在等待夜色来临——

独白或独角戏

有多爱就有多心痛
有多心痛就有多大狠劲和决绝
泪水无声。一个男人的泪水
不需要有声。卑微
坚硬的泪水
无声地赶走一切
我只想把最美的留给你

是那么玄乎
似已悲壮地看到自己的余生
一个人开始逃避
借机挑起事端。是件艰难的事

雨越下越大。到处是水迷幻古雅的影子
水在雨里奔跑
水跑进水体内。水在灯光中那么完美
六月天空同样行走着鸟兽
你看到的每一只蚂蚁
都是过客。千万不要伤害它

我知道前半生了
但不知道来生。如果找到来自身体的控告——
罪恶的证词
趁现在还有勇气了断，就大胆说出来

自白

一个人体内悬挂着酒壶
渐渐隐去的风暴，如黄昏正在替换剧情
两种不同结局
需要用半生来选择

向死亡低头
并不为耻。餐桌盛放苹果
也摆着明亮的水果刀
当我说爱你，夜色下便有流星

梦总是牵着梦
燕子的前生肯定属于天空
一个人如果远离而去
不要怀旧。那杯茶，已经为你打开

陌生之地

美好的一天即将来临——
突然间爱上了这种事
穿过暮色，我抵达快活和梦境之地

一次等待，就是风雨满楼的铭心之美
陌生之地，我不会安心睡着
我幸福而努力地享受孤独——

紧贴的肌肤那么近，那么香，而今晚那么远
我不想睁开眼，不想。唯恐天一亮你就消失
而我如何阻止这一切。

烟花总是那么灿烂而短暂
而我们不是。共工消失了不周山仍在
床还没满，但我无法独自奢求
天渐亮。那个卷缩一边的人，慢慢闭上眼睛

缸窑村

那个满手红泥，把自己送进火光的人走了
而长长的宋窑留下
而东金古道
始终回响着深夜的草履声

茶凉了，正好一口喝完
水缸里浮着旧竹吊。没有更淳朴的乡野
祠堂还是祠堂
打更人就在前面，提起灯笼

时间是如何慢下来
村外人不知道。错落有致的新房不知道
只有戏台前甩出的水袖
那栋庞大的老木楼发出吱呀时

那个满手红泥，穿长褂的人
灰蒙蒙小雨中，独自站在龙眼井旁

缸窑村的酒

烈火从来自体内开始燃烧
如果没有酒，就会少很多淫暴君王
如果没有酒，夜色有点寂寞

胸无大志之人，不想煮酒论英雄
但我不是迂腐的圣人
不怕闪电惊雷，不怕麻烦

打虎也不是我的事
箪醪劳师太智慧
玉斗撞碎。暗藏杀机的鸿门宴过于凶险
这种事不好玩
刘邦醉斩大白蛇
本是故事，也不好玩

天下只有快活似神仙
像刘伶一样恍恍惚惚
对世俗视而不见。一生只写一首《酒德颂》
偶尔高谈阔论，发发狂言，多好

在缸窑村开一间小酒馆。多好
酒后写一写狂草
一幅酒帘上写"现沽不赊"
另一幅写"醉里乾坤大，壶中日月长"

我知道清圣浊贤。
然后学古人，把好酒叫作"缸窑从事"

酒徒与酒狂都身怀绝技
我不是。我只愿是一个归隐于此的书生
每天黄昏之后，喊一声文君
小二就立马打烊，关掉酒肆的门
我们歌儿舞女，以终天年

小酒谣

——贺"小酒群"开张

深埋地下或窖藏密室里的酒
是不安全的——
总有偷窥的幽灵
等待肉体熄灭火焰。小酒馆开张了
那个离开自己的人还在路上

酒是最好的下酒菜
一个人喝酒可以不用筷子
那条小巷，已经看不到穿长褂的师爷
一双手紧扣着另一双手
不如和衣躺下，听听旧年秋风
拆散骨头的声音

酒便是酒。天下没有最好的醉法
如秋水涨满河岸
不必在意有没月色。如一只草鸭踏过草鸡的领地
就不必多想了

爱和雨水

大雨从天而降。大雨中充满期待——
那些事深藏着雨水
如一条飞鱼
注定一场场大雨中完成美丽的传奇

相安无事的人，谁会在雨中奔跑
你看大雨有时粗暴
有时是那么细腻，那么深刻
你看银线一样的雨水
有时挂在天幕。有时在一个人长长的睫毛上

夜色从来如此
而大雨会改变河流的方向
我们把窗户打开，就会听到雨水的声音
甚至听到雨水在心尖，在体内
热烈拥抱的呓语

雁荡山午夜，我背着你走了一会

黑色总是通向黑的更深处
月亮躲进乌云里去了
山径两旁
溪水流过山涧
流过鹅卵石。流过夜行人酒后的身影
那咚咚声响，通向黑的更深处
有说不出的甜美

要是背着你走向婚礼的殿堂就好了
要是背着你，走着走着
就走了一辈子
更好了。前面有小酒店
那些灯光是留给喧嚣的尘世

山上两块紧贴的巨石
像挽手的情侣
一个人的心跳，覆盖另一个人身上
是那么，心甘情愿——

颓废，或许是一种必然

有时突然就觉得那么沮丧、悲观
莫名的，毫无意义
空旷身体里，始终装不下空旷的虚无
该做点什么事才好呢

短暂而可恨的白天
羞于启齿的；怪怪的念头
从左手到右手
一个人，总想从破败的记忆中
掏出点什么

然而他一直在失败
嘈杂，粗糙，庸俗地生活着
磨刀场里，那个英俊小伙子长满了花胡子
恍如一梦很快醒来
恍如一个狂妄的自闭症患者

怀疑

我总怀疑天空是倾斜的
不然那只不死鸟为何越飞越高

越飞越高。
越飞越高，却飞不过那道天际线

我总怀疑自己不是鸟
飞啊飞啊，就唰地掉了下来

鸟什么时候怀疑过自己不是人
鸟哪来这么多怀疑

鸟飞啊飞，鸟飞向太阳飞向辉煌的死神
鸟始终不飞向月亮

9月24日，夜宿开化有记

今晚的开化是我的
旖旎灯火中
芹江不会关闭她香艳而又古老的门

此刻，我坐在东方大酒店外的石阶上
等待遗失的月亮
一辆又一辆的士经过
真像那些青蜥

而我的担心是多余的
的士不会开进我体内
根雕园高耸的宝塔，也不会倾斜
今晚，我愿意做一个被美酒遗弃的孤儿

夜色始终一样
我早已习惯在头顶开出一扇天窗
一边倾听，一边努力去爱

无题

有时，确实太可怕了——
路上有影子。你分不清自己还是别人
更可怕的，是人影还是鬼影？

一直告诫自己不要想多
天地之间，从来没有平等事物
这不是道家思想
刍狗早就不用了。我爱的人必定迟我而去

这样多好。不让苦短留下
灯光没烛光温暖
夜色永远比阳光多情
现在好了。发呆是一种幸福
它比独坐深刻。比一个人恨另一个完美

我有一只打火机
不是一次性那种。很美，真的很美
闪着纯净火焰
只是我，舍不得用

余生

爱和恨如同一张白纸，一折叠就紧贴一起
转眼将逝的冬天，引来玫瑰
这时不可以省略美酒
——如果夜晚需要体温，和欲望

这些年他并不平静，始终坚守他的善良
午夜临近，大海只为叫明月的女子风生水起
而他爱的美人，已不叫妃子

你听到沙沙的声音，玻璃一样透明和容易破碎
它带着巨大怀想而来——
他要爱一个人
他那么认真和谨慎。任何一个猜测
怀疑，对他而言，都是惊天动地

他早已打开自己的爱
从迎面而来开始，秘密就已诞生
那么瞬息。天空布满令人激动的密码
他隐忍、热烈、悲伤

　　然而，他终于抑制不住一切——
　　他决心用残缺的余生，追随神赐予的人间大美

元旦2017

冬天的草丛里，仍有蚊子出没
它们披戴霜的盔甲
偶尔摆动小银枪般触须。细细长腿搁在正午阳光下
椅子上，穿中装的老头
正把玩一把茶壶

他啜一口，闭一会眼
蜡梅已经开谢了。他的婆娘
坐在那里看书。隔一会儿给茶壶添水
隔一会，给他读一段文字

新年第一天，阳光如此美好
他看着楼下花园
想到多年后在另一个地方出现的情景

阿罗

本名陈兴志，浙江临海人，小学教师。著有诗集《煞有介事的阿罗》《盲视力》，偶有作品在《浙江诗人》《文学港》《上海诗人》等刊物发表。

隔壁

深夜归来的人热爱生活
深夜醒来不睡的人热爱人
他们或许从未谋面

或许就在隔壁
他醒来后听到洗衣机洗衣的声响
搅拌，漂洗与脱水

他的意识有过开门去探访她
他想象不出她的反应——
彼此不熟，不是犯神经么

"只有失去理智的人，才拥有真理。"
我们来到这个世界上，才知道世界的模样。
他极力寻找各种各样的理由

如果她的反应超出想象怎么办呢？
他犹犹豫豫的。他还想起一句话：
人最怎么努力，也难以保守秘密

他相信，总有一天他
会打开自己的家门
迈出去，然后看清这个世界的脸

绝情谷

成人的游戏：长成各种树
无数的落叶：爱的单无人购买?
山：越来越爱上自己的裸体

一条隐形的青龙无时不在吞吃着
流水的心
浑然不觉的晴朗。

被暗杀的时间在交代葬身之地
险峻只活在游人的嘴巴
巨石胸怀最后一句的美好

袅袅的烟带走了启蒙的炊事
鸟一直说着有情人不懂的话
"少女的吻唇是最好的墓志铭"[1]

注：(1) 王尔德语。

你好，西西弗斯！

巨石能使人疲累，
亦能使人富有、健康、长寿？

嗯是的，回答正确。哦，趁巨石还在滚动
赶紧跳支死神跳过的骷髅舞吧

对，把这山上的妖精也都喊到身边来
让从这里经过的小丑帽子上的铃铛做伴奏

噢，那天上飞翔的小鸟正在哀叹自己不幸的身世，
它的前世是一个女孩的白骨
那善良的流星正心情急切地提着金色的水桶匆匆
赶往着火场

维纳斯走穴来共舞了，Kallipyge，你就这样赞美
一下她的臀部
那人是友情客串的歌神菲斯，请赶紧递给他一把
琴，让他抱着歌唱

"火煞当自焚，水煞当自沉，
风煞当自泯，土煞当自困"……

如果有姑娘在此时提及白熊，你就要建议她
去太阳之东月亮之西把它救出并变回人形

嗯，如果朋友都感觉很累了，或者巨石已不再滚动
那就让他们盖上画有五个角的星星被子——

不让邪神在他们的身上打滚以招来噩梦
而你又可放心推动巨石再次动身出发
上山腰揽月啦

——别忘了在胸前粘贴一朵
意大利纸花

七夕之后

迟到的雨在第二天补上淅沥
雷：习惯沉闷
现状：在无意识中归化习俗
存在的夜空，喜鹊们一夜未眠
你不置一词而别
世人终于发现有人真的很坏
我怀抱一个省略号，感到茫然
……唉，
只剩下一座桥承认为情所困

假山村

假作真时真亦假？不
山是真的
村庄也是真的
那假山存在于命名者的心中
所谓假，只是命名者的叙述与现实
没有统一性而已

假山与村庄的关系就像
我们与未来的关系
假山可描述
未来亦需要我们
我们选择假山入住
因为有伴侣的灵魂需要安放

桥下

像苔藓收集幽深的时间
那桥下的，在浓缩与合成
你有一把船的钥匙
可以打开桥墩

不，不要轻易抛出陈旧的波心
如果要闪身进入
得问问来路
你从水上来

流水扭头就走?
仿佛要丢下你
你慌不择路
像一句哨声

蜇蜂记

1

向往城市那就进城吧，尽管路上偶尔会受到攻
击。它的战斗力有点强。先是蜇了我一下，然后
又蜇了我三四下。

我不敢应战。

"劳驾您如此费力！我们之间有什么深仇大恨
吗？"我朝着它嚷嚷。
它也朝我嚷嚷。
虫子跟虫子讲什么道理打什么招呼呢。
噢，我忘了自己还是一个人。

2

想造反了是吗?
不想混了是吗?

活腻了是吗?
这小虫子也胆大妄为了,竟给一只鸟的主人使
绊,
有种的你出来!……

自然背景也是背景。给我查。
俗话说,知己知彼百战不殆。
我得对这个恶作剧者进行调查取证,得知道
它对于我来说,是不是涉嫌寻衅滋事。
好让我决定该不该把抓它来
酿一壶老酒

3

马蜂自述。
被花朵们遗弃是正常的
我脾气有点暴躁也是事实,但
谁是故意的?

谁叫我住的是纸质窝。
我没有蜜蜂那样娇贵,它们吃的都是花蜜,而我
只有血腥的粗粮,比如树上的毛毛虫

4

千万别从缝隙里瞧咱们哦，不然我会追上你八里
九里，向人类讨个说法。
你们这帮怯懦的人，除了乖乖认错，说自己不是
故意的，还有啥啊？
对，想要结案是吗？得让我先再蜇你一下下嘛。
完了我会留下我的签字：同意！九里达。

放心，我蜇完人不会没命的。
我只是心情有点差而已。
你如不怕死，那来呀！

5

哼，这也太欺负人了吧！

6

谁的死亡是一种信号
号召更大的风浪

尝过体无完肤的滋味
还要尝一尝死字是怎么写的

这也太恐怖了吧

7

好虫子，我们接着天下共和好吗？

不，给我整几段什么文字
咱就清了吧

"啊？我算服你了
你知道什么叫痛苦吗？"我有点责问它的意思。

"知道怎样，不知道又怎样？"
它拂翅而去。

鹦鹉

翻看族谱，在纸上读出刀耕火种
一个个熟悉又陌生的名字
一个名字意味着一座空中花园
有人看到花朵，有人听到水声
有人则用来复制自我

谁在整夜翻找寂寞的童年
他找不到自己的名字
村子里所有人都曾是诗人
凭什么就他要以诗歌的名义
重返故园，仿佛一只学舌的鹦鹉

他何时忘记自己的原声？
是的，我们都应该忏悔
都应该骑着竹马
吹着柳条枝做的哨子，去捡拾遗失的乡音
才能允许自己坐下，与父老乡亲畅谈

逆溪

把黄昏的炊烟
放进语言的容器
炖熟，熬制
青团似的孤独

村庄的鸡犬早已不再生长触角
当无常的风与星星接吻
它们献祭的仿佛不是人类
而是一种命名为"乡村"的神祉

有人穿着解放球鞋在林中穿梭
林是平地上的林，不需要爬高
旁边就是一条清溪，叫作逆溪
那些溪鱼在水屋里逛来逛去

石头

白云发育得最好又能怎样?
雷神想欺负谁就欺负谁
雨的另一个名字叫疯狂
一道闪电划过天空，仿佛
树枝撕扯暴风的愤怒

石头说不说话命都很硬
这闪电的前世情人
如今念起凡人经，毫无尴尬：
它们没有想成为肉的一部分
在乡亲们眼里，它们堪比安徽的灵璧石——

更委婉、更细腻、更温润
它们除了要享受最多的阳光，
有的只是持之以恒，或配合水的工匠
把自己打磨，仿佛信仰镜子
其余的无关紧要

是的，它们不需要缔造什么

也不需要听到什么集结号
甚至不需要犹豫，沉思，徘徊不定
它们甚至懒得说自己随遇而安
仿佛超越某种方言，又仿佛暗含绝望

神山

水怎么会排斥水？漂泊他乡已多年
你的眼神从没拒绝过风雨的表白
所谓梦，就是观看自己的另一种方式
仿佛镜子的替身，我有演我的特型

还记得山中的日子吗？你在比画：
从前这山阻挡，现在仍然是
人应该要么是上帝，要么就是恺撒
与其活在山的阴影里，不如把骨头抵押

给青山。然后化成一阵浓烟
你的猎物是天堂，而前面的海市蜃楼
正好做垫脚石，用天下的树做你的人质
你需要拥有无数个访客的春天

在旌旗猎猎，歌舞升平的日子里
你退回到自己的洞穴
透支着时间，幻想世界比你想象的还要坏
你像一块磁石，给所有从此地经过的风洗脑

有多大的洞穴就有多少重量的是非
除了笑声带着兽性，情节大同小异
而这一切，谁还记得？
谁最知情？

水的使命

那碧波下沉淀着多少的沉默
沉默中有多少隐忍
那些不能说出的心跳
曾使多少时间的光芒消逝

那山脊岩石下的白色流泻
承载有祖辈们的澄澈眼神
从河床到河床，带去了多少润滑与狂放
它们最后停驻的地方，是否

还保存着最初的质朴
如果大海要求退回辘辘饥肠
仅收下清奇的骨骼
他们同意吗？

我的祖辈们名字里藏有水的笔画
所谓风生水起，那是
天空之城在推理演绎续写神话
像鱼跃出水面，仿佛为了被人看见泪光

而水始终那么不温不火
仿佛应合村庄的召唤
它们肩负着使命
大地上一片葱郁，或者荒芜

生活在旷野

如果生活可以定稿
我愿田野是一张薄薄的纸
而我愿意成为任何笔画

那里愿意生长任何庄稼
我只要带着我的横平竖直
用甘蔗笔描写爱情

这世上没有我要厌恶的字
没有我要仇恨的词
我相信所有的句子都是用来充饥的

有点甜蜜，有点酸楚
白月光在注视人间离合……

忧伤的目光，沉思者，留白及琴声
不可捉摸的思绪……
我在意是否颗粒饱满，如此……足矣！

"三盖衣"

（1）

从今天起，做一个颓废的人
不怨，不争，不恨，
向所有的事认输
我并不善良

或许内心还有几分放肆
如招潮蟹

清楚改变浪涛的大小是不易的
但仍不逃脱，保持简单的痛觉

（2）

还有谁愿意听你唠叨
"且从俗浮沉，与时俯仰——"
珍藏酒后的一点激情

存在是存在者的存在

去寻找另一个地球?
不不,橘子就要成熟
亲,我等你来一起
且听秋风吟,看天公画骨

(3)

未来,不可描述
突然倒地的年轻人
会越来越多
我们都感叹母语典故的贫瘠

噢,这楼是可依之地
你来蹭酒,学比干剖心
我蹭喝,幻想拥有三圣母美好的爱情
梦回时傻笑,没有青衫可湿

面具

面具会造脸的反么？
当不在场的灵魂突然出现
脸的心情无疑是沉重的——
我该对自己的目空一切负责吗？
那圣洁的雪山凝视过我吗？

而眼前这我们尊敬过的上帝
他们给予我的又有什么呢？
难道我拥有刀剑、火光，呐喊及吼叫？
那何为美？
何为智慧、光明与真理？
我们彼此见过面么？

当美丽的事物向相似的他们俯首称臣的时候
那时胜利的人们在欢呼，那一刻
我们似乎占有了陆地海洋山峰和天空
而过去的一切罪责也似乎都原谅了我们的狂妄无知
他们有过要做点别的什么的想法么？

——比如好好地爱这个世界！
——比如关心野猪们的命运！
——比如创造更先进的翅膀服务于鸟类！
——比如思考一下如何有效地跟病毒交流！

答案是否定的。
他们从没有想过要放下屠刀立地成佛
也从没有想过要把过去的无惧与杀戮，贪婪和仇
恨的阴霾统统赶走
没有，全都没有！
因为他们仅是人类的脸而不是什么神族！
他们只会继续日复一日地争斗下去
他们只会服务于战争的巨兽
为它烧杀抢掠，为它驱使受辱
无数的人将会在它一次又一次的践踏下丧生
这将他们是不可改变的事实而
不可能有另外的结果！而作为面具的我
也将熟视无睹、无动于衷……

我是个幸福的人

我是个幸福的人
春天来了，只是在我的心上
绽放着无数朵花而已

如果春天将过
美丽的花儿凋谢
我仍是一个幸福的人

因为即便冬天
阳光都不会在寒冷的地方踩刹车
更何况我是一个如此亲密的人

谢谢!

精卫与海

这世上本没有海
只是因为我们聚在一起
才有了海

别问要多少年
才能结束这场看不见的雨
我的填塞……

嗯，是的，我的填塞并不是
要让海消失
恰恰相反，其实是补充——

海宽广起来了！
这正是我所期望的
因为无边，所以汹涌所以澎湃

放心吧，海水不会淹没你们的
你们只要知道有一片海就非常好了
而我的名字将写在每一滴水上

情歌

我们待在这个箱子里到老如何
我们给东南西北起好听的名字
比如配上瓜；给神秘的八个角
安装温馨提示的牌子，让所有的向往
不要在这里起诉大鸡蛋——
如果有恐龙突然从那儿跃出
我们也会为它们准备喝水和洗澡的地方
我们要掏空所有的棱
至少要它们能装下我们的影子
我们许许多多的影子会组成黑夜
好心地包裹住星星点点的种子
我们肥沃的睡眠保护它们
缓慢而坚定地生长——
在风中
我们给出的各类习题不需孩子们回答
甚至也不需要歌唱
当我们听到自然的合唱
我们会说，难得又见面了

肥皂书

（1）

生命在召唤，一切辉煌
都将成为历史——
"扫地恐伤蝼蚁命，爱惜飞蛾纱罩灯"的时代
过去了
有人拿起扫把，扔掉纱罩
"蝼蚁们""飞蛾们"，赶紧自救吧——
不要期望靠永恒
要依靠肥皂，对
回家的第一件事：洗手

（2）

时间：大约4000多年前
地点：希腊，勒斯波斯的一个小岛

男人们在山上宰杀动物

砍断树木焚烧，祭拜神祇

一场大雨过后，女人们赶着河里去洗衣服
这河是神祇赐予的

爱干净的女人，用这河水洗净衣垢
也洗去尘世病毒

她们心中每人都有一首
水写的诗歌

（3）

真的没有谁能够永生吗？
难道西西弗没有绑架过死神？

吉伯，这个传说撰写《翠玉录》的阿拉伯人
是第一个用肥皂洗手的人
他第一次洗完手后的反应就是：
这神的礼物能吃吗？
它能让我长生不老吗？
冥冥中，他仿佛听见神在回答：中
于是，他尝了一口，然后
大笔一挥，把肥皂写进了食谱

（4）

青烟袅袅，谁又在燎祭？
那棕榈叶、可可豆燃烧起来的
如果火是生命
那灰里就应该有生命的种子
这些都被神看见了——
作为神的回礼：那灰中黏黏的东西
就是可以做肥皂用的脂油
嗯，别再跟我提起那些猪了
用它们的胰脏做脂油不行
尘世给你我的伤口太多
而猪的脂油不易使它们愈合

（5）

最好的情形是去提取橄榄油，加入小苏打
灌水煮沸，晾干切割
加盖图章，自然风干，包装出厂
昂贵地出售

用这桶水洗身体，洗衣物
清洁杀菌。你看，那些泡泡
全都是细菌们的尸体

洗面奶、沐浴露、洗发水、洗洁精
咱们知根知底，就别自吹自擂了
我们都有流星锤，锤头像陨石那么大
我们都有链子，链子像爬山的索道那么长

如果谁还不爱洗澡？
我们就让他的帝国崩溃
同时来不及悲伤！

（6）

我要去那山上种一棵高大的树
能让我的灵魂洁净的树

"黄目树，即无患树实如枇杷，色黄，皮绉
用以浣衣，浆若肥皂。"（《台湾府志》）

对，我要像仙一样化身为鸟
去尘世找到这样的树

然后再像神一样化身为蛇
缠绕着它，用身子搓揉它的果皮

洗涤我的影子。我要用我洁净的心魂征得它的允许
然后像人们迎娶新娘一样求得它的种子

我把它种在心灵的某个角落
只在悲伤逆流成河的时候坐在它的叶上
歌吟，或继续抗争、战斗！

黄晓华

上海市作家协会会员。20世纪80年代初开始写诗，曾
在《萌芽》《诗刊》《人民文学》等国内文学报刊
发表诗歌。1984年获《萌芽》杂志创作奖，1985年获
首届上海市文学作品奖，1988年停笔。2016年返回诗
坛。有诗在《上海文学》《中国诗歌》《星星》《扬
子江》《浙江诗人》等刊物发表。诗集《春天远去》
获上海作协2018年度作品奖。

在天空之城理塘

1

世界最高海拔，触手可及星星的
城市，就像大海里一座岛屿

天蓝得没有一丝微澜
头顶的深蓝，远山的淡蓝
像海水从深到浅

2

浅浅月光落在那东山顶上
就像桃花开在仓央嘉措的心上

桃花从此不是闻的
不是观赏的，更不是用手摸的
就像月光，从此有了很多种唱法

3

法无边，护佑仁康古街
僧人从雕塑上走下来
和我说，在转经路上转经

七世喇嘛鲜有人知
说仓央嘉措转世灵童
则无人不晓

4

晓得莲花、仙鹤和高山
分别象征着自由和困境
而莲花开在体内：
一朵贪，一朵嗔
第三朵是痴

我心里恰有一朵莲花
但我不能告诉你

5

你必须相信，科尔寺内的玛尼堆
神刻着六字真言
镇邪恶，保平安

"感谢"邪恶，为世上带来
安宁

夕光里的甲居藏寨

卡帕玛群峰坐进傍晚，脚下坐着
孩子们，一群戴桂冠的职业模特儿
黄连木和松柏半遮脸
触摸到快门的快感

夕阳也扒开了云层，睛光
痴情一瞥，追着美人的胴体
摄影人惊呼，像捡到了黄金

只要能从镜头里看到自己的心跳
相机好不好并不重要
姿势丑不丑也不重要

摄到一张好照片，犹如抱得
梦中的情人
就像贾岛，在月光下捻白了须
两行老泪流成两句诗

大金河在峡谷里悄悄仰看
湿了衣衫，一步三叹

在冲古寺

沐浴仙乃日神山的佛光
冲古寺像一只洁白宝瓶
握在观音菩萨手里

经幡环绕佛塔，洒向世间的圣水
长成了朝拜的松林和草甸

脱鞋脱帽脱墨镜，我进入其中
在佛堂顺时针膜拜
佛陀，在唐卡里神态各异
但目光里的神性是一致的
仿佛有一种力量在把我拉进壁画

没有绘画可以和唐卡比美
比善良慈悲，美是惩恶扬善，是抚慰众生
宗喀巴大师和他的两个高徒
慈祥地看着众生
此时阳光从窗外走进来
像佛一样慈祥安静

我好像回到了童年时光
回到了父亲和母亲的怀里

卓玛拉措观云之舞

卓玛拉措就是珍珠海
珍珠海就是卓玛拉措
仙乃日神山用藏汉双语对云朵说话

云朵似懂非懂，时聚时散
在舞姿里顾影自怜
单人舞、双人舞、集体舞
雪山安静下来，做千年看客
观舞不语

风在经幡上模仿云朵
鹰在云朵下奋力鼓掌

卓玛拉措过于纯洁
珍珠海也清澈见底
以至于白云和黑鹰都无法看清自己
只看到水面上的佛陀
和水底的母亲

我呆立一旁，闭上至善至美的眼睛
等疼痛在心里慢慢融化

冲古草甸

冰川峡谷外，草甸绕着我行走
走累了，在木栈道上坐下
坐进自家的内心

心里的风，从峡谷涌出
把马匹安放在肥厚的芒草之上
贡嘎银沟用雪水写字
芦苇摇晃金色蜡烛
把草甸做成献给神山的祝寿蛋糕

除了苍天，没人知道神山的诞辰
就像仙乃日雪峰后面一座大山
犹如神灵驯服的远古神兽
安稳地卧在冷杉之上
我不知该怎么称呼它

美好事物还要有一个好名字
像冲古草甸，用寺庙为自己冠名

洛绒牛场

天空掉在贡嘎湖里，像雨水
洗淡的蓝印花布，云朵绞尽脑汁
为夏诺多吉雪峰量身裁衣
冰雪美人顺从着阳光
眼神清澈见底，风吹过
卵石和水草深情流动
岩羊在山坡上跳跃
红嘴山鸦飞过牧马人小屋
站在山胡椒和火绒草上踮脚回望

在贡嘎湖边，落叶松吸足了阳光
就要在季节的课堂里毕业
为了拍到牦牛脸上的生动
你等着太阳从云隙里出来打卡
太阳是万物之神
有了光线就有了艺术
摄影人追逐阳光
就像藏民膜拜神灵

只有马儿不为所动
在草甸上低头吃草

去牛奶海

牛奶海，仿佛大海撤离时
遗落的一只翡翠扇贝

靠近它，须过舍身崖
我伏在藏马背上，瞻前顾后

在4500米海拔攀行
氧分像大风中的碎花瓣

我紧抱着压缩氧气罐
像抱紧即将崩裂胸口的心

在高原上追逐好风景
每跨出的一步都不仅仅是脚

央迈勇雪峰说，将来都要还的
所有透支生命的行为

我不再前往顶点五色海
人生有时候需要留一点遗憾

去康定古城

从一首情歌里出发，奔往
另一首情歌，转场的牛羊
折多山上的经幡白塔
路遇堵车，下车踩空摔伤的膝盖
以及在雅江品尝的宝剑鱼
都是歌里的内容

贡嘎雪山是个例外，它过于孤傲
一首情歌容不下，但它一直在歌词前方
从侧面正面反复端详我们

跑马山在草坝子上端出
溜溜的雪茶，炉城镇里藏服也跳起了锅庄舞
而茶马古道志在远方，后脚累了欲枕歌作憩
前脚励志已跨过崇山

折多河湍流急急追寻
雪亮的马群走乱了方向

在泸定桥

年老的木头和更年老的石头
在桥头古堡上温习数学
十三根铁链和二十二位勇士
加一九三五年五月二十九日
除以机枪子弹与迫击炮弹
约等于胜利的红旗

约等于今天穿着红军服举着红旗
在桥上摆拍的惊呼声

大渡河是个莽汉，却知耻而后勇
携带着子孙后代——急流漩涡
奔腾向前，它知道躯体里流着勇士的血

你走过康熙大帝的御笔
又折回观音阁的目光
你在铁链上匍匐，爬行，中弹
念着阿弥陀佛回到人间

你想起一九七七年参加高考
数学考了可怜的一分

观潮

黎明跟随潮水涌上滩涂
一只夜鹭在网笼里扑腾
我小心翼翼地解除它的慌张
然后目送它逆风远去

昨夜来不及和海浪一起退走的泥螺
又回到了幸福的怀抱
红日轻轻一跳就脱离了海面
仿佛要去追赶，天空另一头的残月

这是两种永不会相见的温度
就像我的两只眼睛，可以看见相同的你
流出的泪水却隔着无法逾越的鼻梁
夜鹭的翅膀被曙色彻底融化

我喜欢听这涨潮的声音
潮水抚摸礁石和沙滩有万种风情

月光

被云彩的手拨弄
风吹旋律浪打节奏，像追光灯摇移舞台的寂静
追着船的单人舞

花间酒壶里的清冷
艳艳千万里，有人把酒问青天
不知今夕为马月

声音也有影子，在白鹭弯曲的翼上
只是浪花溅不湿
千年马蹄踏着岸的回响

一个人徘徊，一个人静坐
一个人的痛在月光里是这样的美

转身

今夜风浪被天气预报抚平
渔船在港口列队，船尾统一朝着大海
入夜之后就将悄然转身
只有出发才迎着潮水

夕阳把自己的影子收起来
慢慢沉入江水，就像人
死前把一生回忆一遍
之后闭上眼睛

夜幕把月亮戴在胸前
月光在水中依次点亮渔火
像听从某种召唤，在江面上起伏
又像与深邃夜空中的星星互致敬意

海潮从远处赶来，悄无声息
到了近岸才发出送行的掌音
一只白鹭在划出弧形的船队前顿悟
每一次出发都是一次转身

距离

冬天的长江口阴霾吞没了天空
运煤船进入长江，冒着黑烟
像甲午年间的运兵船
装满了弹药，吃水线吃掉了波澜

他起先在我身后，慢慢与我平行
又渐渐超过我。距离像减速器

让我想到高速公路上
飞驰而过的汽车
在路边高楼上看，仿佛飞奔的兔子
而从空中俯瞰犹如一只乌龟

距离使我们看不见别人的辛劳
只知道自己一直在努力

菊花

菊花是个哑巴
也不认识字，但是会画画
把篱笆画在南山下
把自己画在篱笆上

寿劲草

诸暨人，供职于教育系统。个性散淡。习写现代诗，20世纪80年代开始发表诗作，诗歌是另一个我。

屋顶上的吊床

我躺上去是一个偶然，我的后背贴着
一个悬空，
那发虚的底盘
眼睛在后背反面朝向天空
一帖莽莽苍苍的投名状

我看着一本诗集
句子用麻雀的翅膀完成
这时候我想到了疲劳
白云高于所有手脚，我的正面和反面
用一层薄薄的帆布和两根绷紧的绳子提起

我下来了，没有面临悬崖
更多时候不是我。风带着大海轮流躺上去
风离开的时候，我知道它要快速晃动几下
而后又一次停在它自身的安静里

我活在无数个祈使句里

你去找逻辑
在没有逻辑中
你试图登高，摸到一张纸
断崖把最松脆的绳子递给你

你在梦里规划了一切，一切是梦境
图纸是一个玩笑
但设计感不错

这样想比较悲观
事实是
在赞美和祈使句里
你睡得很踏实

世界在我的眼睛中醒来

在拉开的窗帘后，一帧未装裱的长方形山水
幼稚，朴拙，出自孩童之手
天有点蓝，白云停在稍远的地方
像一面过早举起的白旗
向阳光幸福投诚。你猜得到
陶朱山比我醒得迟缓，山脊在呼吸中起伏
天空犹如锯齿，一截黑暗断在另一端
渐渐隐没的星星
像一颗一颗缓缓离开的露珠
沿着时间清洗我的宇宙
一只小鸟在窗台，以它著名的翅膀
跳来跳去——
明天我要事先撒一点米粒

窗子是一个井口，我是井底之蛙
一瞬间，我恍惚了
以为这就是全世界

忍冬花

我要在花朵最少的时候
开花
我在想，怎样才能开得
郑重其事一点，开得确实是花
是我本身
又不能让冬天
抓住把柄

山坡，溪谷，灌木丛中，阔叶林边
我的根系盘旋其中
——有别于那个统称
我必须在比较荒僻的位置
找到落脚点。在海拔六百米以上
的高坡
用寒冷提升我的安全性

这样一个季节，必然有所顾忌
但也反对枯萎，停止
作为对气候和土壤要求很低的植物
我天赋异禀，直到一只手
成为我的终点

红苹果

用最轻的力气开花
花费最少的春天

把重量让给秋天和甜度
红苹果装进有限公司的水果筐

刀锋和磨刀石摩擦又亲热
一只手提着一只胃

胃很大啊，他不断手起刀落
吞下好几个季节

现在只剩酷热和寒冷了
他是夏天，我得躲进大得无边的雪堆

在露台

在露台，支取一份凌晨两点的糕点
我把我从白天捞回
茶水寡淡
像喝多的生活

我所在的位置高于地面
低于美学
不高不低的露台
适合一个平庸者，在平庸里出逃一会儿

我用星空，把今天洗了一半
这多不容易
要启用另一付旧心肠
而它基本静养

眼前

夜越深，星星越多
光很痛苦
像一句来自天空的反问

灯光十分辉煌
灯光试图还原太阳
但黑暗仍然是一个基本事实

江边的灯光在试水
流水不够配合
流走它们大部分扭转不了的暗淡

宇宙广袤无垠，容得下
不同的发光体
但不包括乔装的言辞

比较起来，我与星星更近便一些
我保持着遥远的灯盏
没有改变青年

两只蜂箱

在陡峭的地方
停放在恰好好处的位置
野蜂
在大雨到来之前
收拢各自的翅膀

我们互不相识
互为悬崖
各自酿造渺小的甜蜜
生怕被一滴雨打落
深不可测的生活

高姥山悬崖众多
雾去风来
我们因地制宜，都有两只必然的蜂箱
一只盛着采集的花朵
另一只放着我们
小小的刺

在书房

在清理书架的时候，我看见
海子躺着，海明威躺着
我突然发现，那么多人都躺着
我是想抽去一根铁轨的，我也想
把一支双筒猎枪抬高一寸
因为一匹马需要喂养
而乞力马扎罗的雪蒙上了灰尘
我们都还活着，你们
怎么能躺下呢？
现在，我唯一能做的
是把你们竖起来
使你们在书架上显得有些尊严

荒芜

我喜爱这样的荒芜
泥土、水和枯萎的组合
对于季节的忠实
比桃花的语言和举起的手
美丽

立春日

蜡梅是列队的花束，是冬天忘记熄火的马达。
它们的转速大于定律
它们恭候，又充当引信

气象学分发春天的门票
且从不爽约。南方的灰雀
开始合唱片头曲
但蒲公英的降落伞还在殷勤运送
冬天的辎重。

春天必定面对残局。植物的棋子
要重新归位。
在荒芜的棋盘上
五个小卒挥师南下，只要自定规则
将军的老巢是一座空城
世界的启动仪式是一辆行进的军车

 小花鬼针草摇下积雪的窗玻璃
它的种子在它枯萎的身体里
我的愿望早于蜡梅
我的春天失去了双腿

我是

两根反向交接的绳子
我在绷紧的交接点

我至少有四只手。我是我的四只手
至少两个背道而驰的身体

我是我有弧度的背和
平行的肩膀，两根对立的尼龙绳本身

我是我使出的全部力气
它们坚持自己的方向

我是两个国家的宿主
它们完全敌对，躲在我的深处

有时候也坐到谈判桌上
但互不相让，缺乏谈判技巧

因此必定谈崩。其实它们
从来也没有好好谈过

今天

西伯利亚，冷空气否定了一棵
未经批准的白桦树

冬雨浇灭了阳光的大选
草木的选票还不能客观地投给堂吉诃德

这边，雪的骑士在赶来的天空中
发烧的平流层耽搁了它的行程

上弦月的弯刀略显生疏
黑暗仍然驾轻就熟

平板电脑里，我顺从于著名的笑星
喜剧的麻醉液缓缓输入夜的静脉

婚礼

这一对漂亮的年轻人
双手合力
地球刚刚被拨正了一次

新娘的婚纱是伴娘的婚纱
所有人的婚纱
等同于雪的洁白，白发的永远
那不可或缺的服饰，仅有一晚

没有牧师，但上帝没有被夺走
证婚人提到忠诚，贫富，健康和疾病
提到互爱，珍惜，陪伴
以及生命的尽头
这些词语，普通，朴实，爱的飓风中
红色的级别
是再一次洗刷我们的圣水

是爱
再一次提醒我们。一双手

找到另一双手
一个胸膛找到另一个胸膛
是为了幸福地提着
一个正确的星球

譬如朝露

他觉得人生太短
而胸膛辽阔
像一颗早晨的露珠
在完成一个大海

花鸟岛上的灯塔

在花鸟岛滨海的民宿里稍事休整
我和郁葱去看灯塔
塔身还没有老化，我打开门
像一把粗糙的手术刀
深入到事物内部。由此
我从暗喻和意象里把它取了回来
还给它英格兰工程师的螺丝、齿轮、电路，
老牌的玻璃灯罩
以及形而下的1870年的工艺，把一个国宝
还原给它自身
在那些机械精准的逻辑里
它理顺了灯光，
把光源的射程奖励给遥远的船只
并把一种关系推及大海深处
由于在夜幕和海水的双重遮掩下
死亡戴着波浪的桂冠，在这道光柱里
我的桨叶和马达终于绕过了暗礁
以及迎面袭来的海难

牧岛山庄

我爱大部分陈旧的事物
大海，天空，它们叙述的波浪和群星
陈旧的事物发出新鲜的光
包括汹涌而至的明天。
在枸杞岛牧岛山庄远眺
大海在喧哗中制造了真理的威力

说珍珠

在一具闭合的肉身里，源源不断的黑暗
传送修炼输入的汁液
它孤独地放射体内的闪电，像得道的僧人
暗藏舍利，在世间庙宇
接受香火般虔诚的朝拜。一个初尝
爱意的女子怀着鹅蛋脸的春心
结出死里逃生的暗胎。一种甘心情愿的落寞
有着高贵内核
在丢失盐分的眼泪里遗世独立
并重新命名了玫瑰、野百合和雪中的孤松。
大海满腹泥沙，波浪和暗流来回搬运
未经灯塔批准的泡沫和沧桑
却把一颗内敛而坚韧的心脏投递给赞美诗。
一粒真实的珠子躺在蚌壳的伤口里
等待一种正确的打开方式，就像一颗星球
挣脱昏昏欲睡的公转
吐露独立的光芒。此时，
在一家公司的玻璃柜里，那粒珠子
以凝固的姿态展示散落人间的天使之泪
同时展出的，还有蚌壳里化石一样的疤痕

窗台上的吊兰

大雨不是突然发生的，三天以来
天空不断讲述它的故事
像一个絮絮叨叨的弃妇对准一盘吊兰
有预谋地物色了一个倾听者
似乎要把所有飞禽和生动塞进暮色
这湿润的碎片，万千坠落的词语
按住两个溺水的鼻孔
我孤立的绿在窗台承担逐渐枯黄的声名
根部显示深邃得不可逆的糜烂
太阳被剥夺抵达某种蓬勃的权力
说明光速跑不过全部乌云，这齐心合力的罪恶
快刀一般，一遍遍割下我本已圈养的绿色
我的多枝多叶仿佛对应多灾多难
每一种想法都遭遇险境。
室内那双同病相怜的眼睛不值得托付
他并没有派遣他微小的力量
我羡慕窗外那些挂着眼泪的世外高手

废齿轮

旋转把火花溅出梦外，被转盘别住的秒针
试图蹒跚着走动
疏松的牙齿上，铁的残渣
嵌在齿缝里，犹如一丝
滞留在世间的菜梗
仍在享受短暂的余暇。而此时
休息下来的劳动者
撤下最后的按钮，锋利的动词
停息在刃口上
像一朵蜷缩的花，闭上喑哑的喉咙。
一种突然终止的力量
熄灭了另一片铁的疼痛
运动被废弃，静止在长久说话
我能听懂一头兽
躲回体内，尖锐的牙从人世撤回

三手阳光

我看到阳光，暗夜里打折参与
售卖水波的光芒
一种恰到好处的引力，虚无的明亮
勾勒环形山的阴影
距离保持古典的幻想。月亮叫来李白
另一个影子在河里
重新端起唐朝的酒杯。我们
从未如此接近。那一轮硕大的圆
抓起整条山脉
放进长安、悲悯、怀想。借助酒劲
星子、蝉和佩剑一一复活
带来深处的问候。这是深夜
我有三手以上的阳光，褪去聒噪
用旧的前额，探到宿鸟的门道

陷入诗集的牙签

一根牙签掉进书缝，一种奇妙的响应
发生在稍不留意的瞬间
莫非我远远不够
调制一枚锐利的词语，替竹叶
发出风的声音
吟诗的牙缝里，还有残迹无力清除？
以致百般抠挖，也无法让
尚有毛刺的竹针
回到两指之间，似乎这小小的躯体
不愿再次替我扫除口中的菜叶、肉渣、花枝
或许像一记暗号，逃离喑哑的掌纹
跟另一组句子接头。
我尚未剔除最后的孽债
你却先入为主，在一本名叫《越界》的诗集
做了卧底

放箭的人

放箭的人，把自己放在弦上
等着紧迫的呼吸
在空气里响成呼哨
为了那只麋鹿，我是一闪而过的快感
我是被教育的窥伺者
等着烟雾裂开与合拢的一瞬
命中皮毛
因此我喜欢飞呀，带着风声和
人世的知识
一支飞翔的箭为落点所擒

花之秀艺术宾馆

词语的滑轮
发生故障
卡在夜深的地方

句子十分为难
它瘦下去
以致不能露面

隐喻的布料
被大师用尽了
我没有剪刀一展锋刃

星光没有光顾
灵魂干瘪
弹性的情人不肯施吻

我的张力小于艺术宾馆的枕头
睡意和诗意
都不够朦胧

身体翻来覆去
肥厚的夜抖动肉膘
一首诗，觊觎明天的底座

吴警兵

1968年生，浙江磐安人。浙江省作家协会会员，磐安县文联主席、作协主席。有作品发表于《诗刊》《十月》《诗潮》《诗林》《绿风》《诗歌月刊》《飞天》《西湖》《散文诗》《海燕》等。著有诗集《磨刀石》《无风不起浪》《春天开始的地方》三部，主编诗集《春天正在醒来》《春色由来已久》《春光正好醉人》《磐安县古代风景诗选》四部。曾获首届"浙江诗歌奖"入围奖。

方山

时间，是最靠谱的承诺
来到方山脚下
那就互不亏欠了

石级仿佛缠绕本身
梅雨瀑与玉女瀑
犹如习惯性的分泌

瑶池天河般划过——
五象峰、文笔峰和镇山障
终究走不出自身的设定

眼前的迷雾，不断吞吐着
这盛开的莲花。每一瓣
都那么孤独

理想主义生活

不是从头再来
而是一步一步退回去
从大到小，从高处到底处
从复杂到简单
从丰富多彩到朴素浅显

从城市退回农村
退到高姥山麓
那个云淡风轻的午后
斗笠还能遮阳
白开水还能解渴
蝉鸣还不让人烦躁

玉米地里刚好有微凉拂过
邮递员挎着绿色的邮包
从小路的那头走来
有时递过来一封远方的来信
有时候，仅仅是一个微笑

然后再退一步，夕阳开始西下
高姥山渐渐被夜色吞没
星星点亮了整个夜空
我们坐在门前的长凳上
风，越来越远……

怪蛇记

一条蛇，在祖辈口中被养活了
它隐于高姥山顶
时间不能决定其存在与否

每一次寻访都是为了见证
哪怕不期而遇者
都无法将自己置身事外

神迹自有其不可告人之处
所有想方设法的靠近
如云朵般不着边际

我们谨小慎微，又善于原谅自己
当山楂树被映山红所取代
经卷只呈现了它徘徊的部分

要是再有人问起
我就会不置可否，好像多年前
自己撒了个弥天大谎

有一种杜鹃不叫映山红

有一种杜鹃就叫羊踯躅
它不叫映山红

更没有别的什么封号或马甲
也许由于血缘之故

它天生金黄，却暗藏杀机
村里的耕牛也没少遭殃

对于带毒之物，就算再谨慎
也有过失的时候。它迷幻的花朵

往往使人掉以轻心
选择趋于复杂，而表象

成为相互施压的依据
当我们不再信任，这点毒算得了什么

岳麓书院

惟楚有才，于斯为盛
当你来到这里
再次读到这副对联
突然会想到
这说的就是那个时代
也仅仅那个时代
而已——

暴雨

狂风装腔作势一番
像有大事要发生

乌云和闪电，相互配合
倾向性过于明显

人们早有心理准备
对其视而不见

最多只是关关窗户，然后
把灯打开

再暴躁的雨，来到人世间
都会自身难保

爱晚亭

亭前的几块石头
光溜溜的
人们抢着在此拍照留影
好像比亭子本身
还要吃香

橘子洲

花了四十元钱
在观光车上看了半个洲
另外半个
已沉入夜色
什么也没有看到

故乡的云

打开天窗，只能看看白云
在天上变幻各种姿势

故乡永不设防，蓝天
宽容山里的一切

乡音无法老去
相视一笑的少年，已经走远

午后的风搅动山梁
云影掠过绿色的竹海

孤独

孤独感突然袭来
打开电视，场面虽热闹
但还是感到孤独

来到街上，人来人往
孤独感一点没减少
转入商场，人们熙熙攘攘
也没减轻我的孤独

来到广场，热舞火辣辣
好像越来越孤独
于是，开始刷抖音
孤独一下子减轻不少

又开始刷朋友圈
当游离的《孤独》呈现眼前
孤独已不见了踪影

变化

热的天气，是好的
这样，可以轻装上阵
可以少一些伪饰
少些添油加醋

如果越来越热
人们一点一点揭露自己
甚至甩掉最后一层遮蔽物
离事实，就能更近一点

热的天气
总有转凉的时候
而我们，却身不由己

细节

举起酒杯的那一刻
酒与咽喉达成了共识

倾斜的角度无须精准拿捏
是抿一口还是一口闷

都是瞬间风云
对影不一定成三人

那些一闪而过的
也并非就是神来之笔

什么是你不敢想的
什么是你不敢说出的

仿佛与生俱来
还有那些百口莫辩的事

都做足了内功

万事俱备，有多少火焰

在不经意间点燃
时间，从没改变过什么

确切

我们总是试图通过
确切的说词来安慰自己，
却往往顾此失彼，
或不由自主地
顾左右而言他。
别以为自己天衣无缝
尘埃不染，或手握实锤
想砸谁
都能砸出一个窟窿来。
你以为的
其实都不是你以为的，
就如我以为的，有时出现在
不曾确认的记忆里，
有时出现在让人着迷的梦境里。

夜幕

背景沉默着，前景也不主张什么。
闪电，隐于更深处。
经年之塔，已成为自己的宿主。
我们无法触及的部分，
才需要夜晚降临。
夜幕拉开，灯火才显出意义。

虾

不期而遇的结果
总是神秘莫测

两把钳子，吓唬谁呢
万箭齐发之时

能够穿心的，必定是天意
而你死心塌地地沉迷于

自己的势力范围
还觉得有两把夹子

就可以不依不饶
而苍天，从没怪罪过谁

过册子岛

翻开被东海浸泡的典籍
册子岛是不能忽略的一页

从舟山到金塘，文字的桥梁
格外轻盈。起于青蘋之末

海风正中了谁的下怀？
天光云影徘徊之处

各种车辆疾驰而过
所有的奔赴，都自带玄机

经过，才是不可或缺的
每次潮起，都像有限地进攻与撤退

翻阅了，就无法再压平
它翘起的一角

尘土

我们赖以生存的
如果过分了
如果张扬了
如果听不进了
如果自以为是了
如果太鬼迷心窍了
如果不分青红皂白了
如果有钱就无法无天了
如果八八九五个零也不管用了
那我只能暂时熬过这个高温天气
暂时再熬过这个可恶的夏天
就算秋高了气也不爽
冬天总会来临的吧
那个时候，你们要怎么样就怎么样
要扬起多高就扬起多高
我一定会关好自己的窗户
不再正眼看你们一眼

立秋

把暑气挤掉一点
周围就空阔了些许
没有人关心的事
在不经意间
完成了自我救赎

姐姐还不省人事
季节的交替
都是小事
果实成熟了又能怎样
秋高气爽又能怎样

凉风开始吹在身
那一丝凉意
从不夹杂痛感
大大小小的事，经过每个角落
都无所适从

我们总想不断壮大自己

并挤掉些什么，比如
日头里有毒的部分
比如，姐姐
无法感知的这段日子

吴警兵

立秋后独坐书房偶感

各种书籍乱堆在一起
没有任何先兆
它们不发声
不代表没有自己的想法

翻开一本书，已如此艰难
"器具的宁静就在可靠性之中"[1]
而我们却得不偿失
酒精的浓度无法美化眼前的乱象

挖掘机与碾压机轮番出场
灰尘扬起又落下
重复着自己的宿命
秋天盛产诱惑与谎言

白云飘过的蓝天
与小时看到的没什么变化
这触手可及的窗户
吞没了所有

注：（1）引自海德格尔《林中路》。

天上的云

风吹向左边
它就飘向左边
风吹向右边
它就飘向右边
没有风时
它就一动不动
也不说话

白露

说白了，就这么回事
就这么简单，就这么定了
又能怎样

复杂的事情可以简单办
简单的事情，复杂了
还能一套一套的

有霜没霜，举手之劳
蒹葭不一定苍苍
壶汀渔歌沉寂多年

而流水，从不点燃自己
这些无休止的欲望
早已隐于自身的下限

待到天明，必露端倪
就算最小的光芒
也要闪耀出来

无题

你其实不知道
这层窗户纸有多厚
不知道秋刀
为什么无法断流
也不知道，擦肩而过
也许就是一辈子
有时，清醒不如糊涂
而糊涂，又那么自以为是
像窗户纸
让我们欲罢不能

在南田

在南田，我小心翼翼
不敢有半点差池

路边的风景，就算再美
也不多看一眼

那些高高低低的村庄
隐瞒了自己的过往

有的在山岗，有的在山岙
相互从不拖欠

我们像一阵风，从这里吹过
留不下任何说辞

能用绿色伪装的经历
都无足轻重。秋色迷人

古树沉默不语，抵达
已变得扑朔迷离

在安福寺

天圣山只留一个山口
让众生进出自如

台风来的时候
我们正好进入山门

这些唐制建筑
仿佛一座避风港

达照住持始终面带微笑
波澜不惊的神情

可以让人心安定下来
观自在，然后

暴露一些
沉积已久的破绽

在岩庵

当我们无法躲避
一面绝壁的邀约
时间，就会停止不前
迷雾锁住秋凉
越往深处，陡峭越庞大

究竟起来
谁都可以不在场
高处欲胜之寒
就得删除些什么
随风的飘荡
抑或过眼的云烟

一遍遍地刷新
柔软的部分
而我们得以攀缘的
仿佛巨蟒，自以为是地
吞噬这有限的良善

坛头松林

这片松木林
只顾噌噌地往上长

绿色的藤蔓
像在掩饰什么

走进去的人
总是找不到方向

中秋月

一晃几千年过去
你们挖空心思
对我的赞美
却没有一点长进

秋分

能分出什么？比如
黑白分明却不明所以
或真相不一定大白

月圆月缺，那是昨天的事
今天不一定有乌云阻挡
也不一定一贫如洗

大街上，可以分出相向而行
灯光却互不相让
或相互扯皮。这些深夜的影子
你中有我我中有你

重叠的部分，或分散的部分
没有原则性的区别
擦肩而过，从不计较得失

声音的优势在于
不需要借助任何手段

也无需作任何自以为是的分辨

这个时候，分与不分
可以随意切换
也可以自寻烦恼

这一刻

所有的这一刻
都是上一刻
期待的下一刻
而所有事实
指的都是这一刻
除此，没必要
给予过多的赞美
以及自我安慰
或自我陶醉

寒露

鸿雁往南飞去
把秋凉留在这里

不长翅膀的人
学会了等待，或自我安慰

能用衣物来抵御时
就决不给自己找麻烦

寒风就要吹来
裹一裹身子即能过去

甚至，咬咬牙
又找到反抗的理由

灵江源高空悬廊所见

可以随意改变的
都在我们指间。包括风云
以及，一切能够示意的

呼风唤雨不算什么
刀山火海也是
与云同行，与山共饮

互不干涉已成美德
铁板一块的石头
也能创造生命奇迹

一生的托付不许耍赖皮
所谓高处
都甘拜下风

经过即存在。即有助于
改善我们的表情
有助于留下有意义的部分

万物都如其所愿
追根究底的空谷
也无法改变水流的方向

我们所有的努力
都是设法打破
自己
这层窗户纸

其实，我们不需要很多
比如有一缕月光
而且是干净的
就足矣

其实，每一天都是同一天
只因被自己赋予的假象所迷惑
从而沉湎其中，乐此不疲

每一缕光，都有它需要抵达的地方
而且，都是它自己的意图
谁也无法替它做出选择

许春波

蒙古族，出生在内蒙古奈曼旗，中国少数民族作家协会会员、杭州市书刊发行业协会会长，出版诗集《聆听》《指尖上的螺纹》《半个秋天》《去一个地方》《安静的冷》等。

长在酒味里

闻到的香，有三种颜色
当然，这些香都很普通
我找到秘方，把它们调和在一起
植于残骸里，弥漫，顺便
叫停奔波的众生

的确，冬天来了，寻常的香味
也慢慢成熟，躲在一瞬当中
就躲过利刃一样的光阴
蓬勃的香气里，我成为隐形的叶子
你肯定认不出，这是暂时的胜利

你说好的蒲团，被我一一喝下
闻到香，会无比清醒
逆光看来，你的发梢
笼罩着绚丽的菩提，长在酒味里
世间真是快乐，你说

其实在香气里，什么都看不见

你描述的境，被生计笼罩
我替你拿起杯子，倒满般若
这样，才不会怠慢花香
以及，日子弹起的，一点声音

一年就剩一个月了

过往装满灯笼，缓慢存在
不等下雪，头发也会变白

灯笼，有红色的敬意
我们互相提醒
折断黑夜里，绿色的浮躁

说走就走了，一年
就剩下一个月了
总是装着另外的十一个月

不能回答，一切
是太快了，还是太慢了？

就这样吧

卸下一滴秋天的水

气温骤降，明天节气大雪
输入验证码后，一页一页翻过
天色微蓝，拐进下一个路口
叠好湖水，找到慢下来的理由

随之迈开步子，追赶沿途的潮汐
释家之途，是漂洗的柔软
只在观照下，走来走去
水面风浓，躲进更深的空

一滴秋天的水卸下，涂上寒
映在你弹好的火焰里
夜色谢了，冷还在蔓延
顺着音符倒退
退到相遇的桥上，拱手一笑

朔风还是有些单薄，点燃烟
学着佛，闭目打鼾
醒了就离开，以禅的别意忘记

墙垛外面，数九即将起始
居然，睁眼微笑

影子还在
返回是必然的，记不得更早的遇见
冬天带着寒意，就这么来了
还好，可以慢慢抵挡

天阴，雨随时会下

身上某些细胞被冻住
风柔且寒，慢慢穿梭在喉间
等着，用药丸唤醒
每一个黎明伊始，白天也在消失

细菌静悄悄的，替你梳理我的头发
拉开灯，照亮一种疼痛
被浓得，看不见的一种颜色笼罩
不停地走，是为了还原

有些不知名的门，躲在高处
瞄准的晴朗，一点点消失
长出一口气，木鱼声声

昔日还在银杏叶上，栖身
风以常规的方式打转，回响
抹去痕迹，等着雨来

最终，你弹起的目光
可以埋葬，也可以
送行

凝固的方式只有一种

两种光，射穿冬天
剥开风的外皮，做纯粹的过路者
隐藏的讯息，我只当成虚无
除非，佛贸然敲门

相间相错，被某一情节
改变初始，殿堂面前
我是天生的病人
等不及搭脉，就推门而出

升起的天空，是别样的蓝
我于是翻阅一串串号码
找出因果，在遗迹面前
全身而退

当然，外在的漏洞
被一一修补，冬月十九
我计划逃出结局，成为点拨的沉静
把升起的月亮，刻成酒杯

我保证，在你到来之前
水土完好
归途就是归途，不能设计
窗外的光，凝固的方式只有一种

薄薄的白昼，开满新奇
我不确定，你举起的
是前人暗藏的偈语，还是
简单的，问候

旧的门开始关上

雪一直没来，旧的门就开始关上
绷紧阳光，轻弹
用青苔化妆，选韵律一致的文字凑成几句悼词
该省略的省略，只留下食指正音
然后一句话不说，合着手
过冬

隔着眼镜上的雾，敲开门
回头看看，涂过的诗文
凝聚成一个白点，散了一地
找一扇门，慢慢倒下，和诗无关

设想另一种开门的动作
用烟尘，把微弱的日子上下扯动
甩干，掺杂的寂静
用于在罅隙里乘凉

卷起全部的颜色，从白天消失
我能够明白，敲门的含义

眼神也脱落了，早过牙齿
和雪一样白，一样的透彻

我还有些放心，新年来了
倒影恍惚，镶嵌几句佛的嘱托
简单的箴言，成为液体
按时将推门声音润滑

你不要着急，等我把门打开
门开后，选一把椅子
将你的琴谱句句录下，当然包含着
开始的那句

光线

接近雨，庙里的经卷就慢慢发芽
这样，才有机会，把阳光放生

树叶空旷，被风吹成钝角
打在棚上

天色阴沉，我的手指又在发胖
指甲也无理由柔软

敲动寺门时，催醒几句冬天过来的咳嗽
光线正好

能摸到开启禅音的密码，以及
安静光线里，凛冽的风

观照确定的事实，一句句压缩
包括你皈依时抖掉的尘事，磨成镜

澄净的光，漫散在表面
所代替的，是我们虚构的影子

有雨的腊八，挂着小寒的风

腊八后的冬天，劈折成两半
天空散开，两边的阳光，红白相间
一半是春秋，一半是冬夏
其实，节气总会随缘般隐去

天空碎掉，一滴云可以看成一片雨
很多年，没听过的雨声在走走停停
我温习过的两耳不闻，还真实存在
起风的声音，还是清脆

你肯定不相信，我描好颜色在变
这是人为的耽搁
窗外的梧桐树落光了叶子，表明态度
当然，起风了

我们的脚步和月光有关，弯的时候
适合支撑
小寒的风声会打湿陈旧
看过无数次的月光，经常被雨水拆了

偶尔漏下的几滴，有温暖的咳嗽

细小的情节，被慢慢放大，放大
成为隆起的，一段寒
透过节气，看见前面的前面
大多不复存在，只能
在一点点剥开的风里，飞翔

推开腊八之节，冰凉如水
我忽略的北方，白雪葱葱

许春波

北方的年，就要来了

自投诚以后查清之前
一直被怀疑成卧底，原来
是一年一年的雨声，循环不止
暗暗地，藏一片雪
在眉梢上凝结，开放闭合

北方的年，跌宕着来了
一片片厚薄不均的青瓦
挂着雪走在雪上，陷入
冬天的皱纹里
映出来往的刹那，从彼处到彼处
用梵雨浸泡，一年一年

脆弱的腰，在供奉面前
冬柳般弯下
北来的风，从肋间
穿梭而过，成半圆形的柱体
用仅剩的数学知识
计算体积，计算出路程

风拉近年，留不规则的弧度
宁静如昔，这是我求证出的公式
南方的根须，被我一下一下剪短
你用自己的方式，计算出留下理由
验证出我的公式错误百出

只能迎着经论，一次次聚焦
生出新的火苗，一句句飘起
我排列成诗，邀请自己
站在北方，再次被当作卧底

虚掩

眼睛睁开，出勤率就是百分之百
蘸着冬日的凉，把日子擦净
只是，一年和一天
的确有些不同

繁杂的计算公式，互为答案
标注上节点，乃至困惑
咒语温和地挂在墙上，推开风
今天开始安静

虚掩的一扇门，瞬间打开
把佛的叮咛，当作
开门的铃声
幸好，自明天起就是新的

都在路过
看起来是循环，热情的佛陀
推销叛逆，可除了皱纹
什么也拿不出，这是无解的命题

只能
被一只路过的鞭炮，叫出名字之后
才蓦然回头

飞来飞去

时隔不久，有鞭炮碎裂
天地异常清晰，心情松下
我推着年，装满天空，看麻雀飞来飞去
啄食禅意

载重卡车也拉着年，轰隆而过
城市，隐着巨大的形
的确，你从未说起
多数的时候，是一个虚影
渗透在四周

走着跑着
也有可能装在车筐里，推走
一瞬就细了，可随之就被编织
这一天成为节日，可以安顿
一次次粘贴

滴答作响
四野无人，除了半明的年龄

不久，看到很多次的仪式
连续出现，没有一丝耽搁
和某一刻，拱手作别

计划，陪着年，一路向上
薄雾颠簸，搅拌苍蓝的天空
总之，这样的形态有些整齐
实时留意猝然的钟鸣，以便
及时反悔

许春波

冬天，看你在皈依途上

念旧的号，依旧清晰
乍起的风，浮沉不定
散却烛台前，茂盛的香
每一年被供奉，留一点福泽
打点苍生

于是，化为井岸前汲水的渴者
心事被次次风化，越来越薄
薄成一面镜子，虚拟出
月光闪闪

默念的谶语，竖成梯子
一节一节摆起
远望悲悯的塑像，伫立在天空下
向你伸手

从而，标注起俗生的一段
古老回归古老，你还得回归初年
谜面渐渐放大，将俗世看成谜底

揭晓积压的秩序

我心，如雪纷纷落下
擎起云，听风声摇过
其中的几句，习惯性地砸中我
将青丝，击成白发

晒干

凭着印象，将鞭炮声
晒干做茶
描述的红茶，有几百年
可以推测，硝烟持续的方式

结个善缘
山里，冬沿着设计好的路径
忽略做茶的细节
这不是秘密

在大概的方向上
不认识的花，开了
一片片匀称的背面，挂满
消化过的冬天

敲醒山林，开出野生的彻悟
挂在失语的庙阶
里面的泥像，填充闲置的
背景

把年过成年，和山里的寂静
是同一件事情，我们都不着急
更不会比较
山里就是山外

还有
谷里的声音都会消失，都会乍响

光线正好，越过一切过程

站在河边，冬越走越远

剥开几缕光，找到平淡的叙述
然后确认，走在众生世界里的雪
长出的样子

原有的禅意，长成开口的松子
依水而居，被点化的浮萍还在
试着捡偶来的雪片，涂抹一个不太真实的水面

突然瘦起的思索，在糊的空气中复活
山野微长的荒草
替我把眼下的冬天捣碎，慢慢咽下

披紧棉袄的风，顺冬的纹路
一下下搓断琴音，递送来的眼神
同样，沸沸扬扬

拔节的雪花，遮住左手
用右手找出几首诗，替换祝福语里
错字和别字

昨晚的夜色，晴朗得极其顺利
站在年边，填进几个句子
随之，烧掉失眠的照片

喝茶

节气排队走过，寒色低飞
天气还是很紧张
对我来说，这样最好
燃起一杯茶，就近眺望，并且谈天

薄寒的晨色还是修养有素
盛满你说起的修行，我用复杂的掌纹
一项一项剥离，找到沉淀的那句
擦拭清晰，看看，从哪里来

假如，只是说假如
狭窄的温差，被一次次复制
度数逐渐升高，然后沸腾
还会不会记起，年前的，一场雪

重复

对于偶尔行走的暖意，还是有些阻隔
沿着剩余的耐心，和这个早春
求同存异，一点不用着急
只是，不能找出明晰的界线

天色晴朗后，经常被堵在泥荡
重复的时段，不重复的行程
都适合严肃的修行，学着别人
打开自己，然后关上，一次次重复

声音总是生疏，很多遍
还是陌生的样子
这很难熟悉，总能听到经声背后隐约的笑声
与这个晴冷不定的早春，不谋而合

在几句离歌里努力，是为擦去走过的痕
抵达的区域，佛替我来过
清晰的来路和模糊的远方，一个个互换
将抱紧的时日，也一一松开

天慢慢亮起，打起精神
你即将拍摄的电影，继续湮灭

推开，一扇门

横渡过阴影，天空就老了
世间人渐行渐远，把我留在原地
我开始怀念，指尖上的一望无际
空不可得

用眼神，推开一扇门
稀薄的冬，停在一炷香上
忘记离去，隔夜的酒也在
和祷告一起，散落一地

其实无须打坐，随意地拐弯
也会踏入开满云的台阶
无须开口，只举着微笑
一同老去

可窄的门槛，总会
挡住机缘

应满云

浙江宁海人，60后，中国散文学会会员、宁波市作家协会会员、宁海传媒集团四级调研员。曾在《宁波日报》《文学报》《文学港》《浙江诗人》《散文百家》《星星诗刊》等发表诗歌、散文等80余篇（组），有作品入选《中国年度散文诗》等书籍，并获奖。

有一种声音和光（组诗）

蝉声

一路不绝于耳的蝉声
高调地穿越夏天的热浪
爬上初秋的枝头

听说这是信号。所有公的
抖动着情欲的双翼
向母的发出强烈的示爱

听说这是本性。没有彩排
夜以继日上演交媾大片
激情投入声嘶力竭

听说这是归宿。前世蛰伏
今生绝唱。过几天
一路横尸壮烈阵亡

猫娘

猫娘生了，头胎
五只猫崽排着，挤满
母爱的心房。春天的月亮
一夜未合眼

在孩子的目光中，猫崽
一寸寸长大。忽然
猫娘移窝，无影无踪
想猫的心境，像荷塘残枝

担忧，蛇和老鼠觊觎
猫崽的命运。诱笼关住
猫娘来吃猫粮的弱点
戴上GPS，超乎猫娘思维

春阳初照。定位器显示
猫窝的希望，一间破屋
阁楼的竹篮盛着
一段，苦苦寻觅的日子

猫娘紧紧地护着，眼睛
写满警惕。回家的脚步
飘逸祥云，像篮里盛着太阳

想起海明威、丰子恺的猫

若将灵魂蜷作猫娘
那母爱，就会化为霞光
会温暖如春
也会独自舔伤

萤火虫

虽则称虫，但有流萤的美称
喜欢绿草、清泉、蛙声
翅膀的高度贴着草丛
一闪一闪，像生命的灯火

从卵到虫，一路发光
尽管弱小还是点燃一抹乡愁
童年的萤火虫，那时
称作星星，黑夜的眼睛

现在蜗居城市，中年的阳台
闪着烟头，夜色中像萤光
有时想象，飞光流萤会遇蛛网
所有人，都在网上挣扎

宁夏记忆（组诗）

黄河楼

黄河在吴忠被举高抬起
以108米的塔楼
展示文化蓝天和白云
拭擦着　历史的源头

阳光下　金色琉璃瓦映出
丝绸之路的商贾驼影
广场上的铁牛
顶起了　大唐的盛世

黄河九曲十八弯　此时
脾气温和　绕过千亩文化园
以流水为纱　披身母亲雕像
托起　五千年的文明

李白　王维　白居易
笔蘸黄河　诗情化作苍鹰

穿越塔檐　塞上江南
就是　黄河孕育出的风景

泱泱华夏　命运之河
从未枯竭　每一诗
都是黄河的吟唱
每一歌　都能激荡出浪花

我在黄河边等你
梦里　撑一支长篙
从黄河楼开始摆渡　抵达
根脉相连的江南

贺兰山岩画

贺兰山　住着神祖
用石上的田　羊　手印
复活　一个近乎荒蛮的时代
原始的华夏文明之光
被神奇点亮

这是刻骨铭心的交流
人与石　镌下最原始的图腾
一丝美学想象
一种力量穿透　如同部落
高举起太阳神

一种朦胧中的符号
一种生命边缘的蓬勃
有岩羊的角　挣脱
狼的欲望
长出　人类进步的弓

石头无语　岩画传声
云端般的思想　开满山崖
每一幅岩画
都是神来之笔　引领
筚路蓝缕的民族风

藏兵洞

莽莽荒漠　我猫着腰
钻进藏兵洞
仿佛钻进　古代兵法
穿越　生死未卜的地带

执戟持戈　烽火台的狼烟
点燃　警惕的目光
洞壁上的小龛　亮着油灯
温暖将士　守卫的寒夜

铁蒺藜利器　暗藏杀机

玻璃通道内　几具骷髅
闪着寒光　透出
刀光和剑影

一朵朵孤独　开满洞内
一孔孔瞭望　思乡绵绵
脚下的疆土　每一寸
都鲜活着忠诚

一次潜行　步步惊心
一次穿越　复活军魂
在经历生死门之后
我选择了敬畏

芦花谷

《兰花花》的民歌　扎着
白羊肚头巾　从芦花谷里漾起
所有芦苇的叶子　竖起了耳朵
黑雀也探出泥洞　似懂非懂

峡长的谷　溜一湾青翠
有红嘴鸟闻声扑棱而起
惊动芦苇丛　逆流而上的鱼
仿佛游进　江南湿地

谷堤在走　溪水在流
时光的老人扬起了鞭子
驼车的轮子咿呀碾过
如歌的岁月

一条蜿蜒的栈道　伸向深处
像在打探　玄远的故事
情节有繁华　也有落寞
期待金秋灿烂时　芦花飞雪

沙漠之舟

城墙上幡旗猎猎　战鼓
却擂不动　八匹驼峰
铃儿不再叮当　唯有
半跪黄沙　围成营地的丘

难道跋涉中的绿洲
是你　最神往的地方
难道驭起整个大漠
才是你　最壮美的情怀

此刻　浓密的长睫毛
关闭上双重眼睑　只有游客
合照留影时　主人的目光
才会流光溢彩

命运蜷缩　棕色的大尾巴
偶尔甩动着　一丝悲悯
但驼峰仍高耸着　没有放弃
大漠孤烟和血阳丽影

青铜峡的山岩

黄河的水　过青铜峡
仍保持本色
壁立千仞的岸　裸露胴体
露不规则的黑洞
想象　生灵的昼伏夜出

抑或　大禹雕像的手势
神灵般　与壁上108塔互动
拱出　高峡出平湖的神话
两岸的芦苇　摇曳出
一片野茫茫的思想

青色的岩　险峻雄奇
像长城连绵成峰
流动着　惊鸿一瞥的心悸
青青子衿　悠悠我心
先秦诗风吹来　落鱼沉雁

湛蓝的苍穹　有苍鹰盘旋
侧柏　刺槐　旱柳　沙棘
去哪儿了　游人搜索的目光
似双管猎枪　蓦然发现
有岩羊遁入　导游的口中

红山湖

千米海拔　大漠分娩出
一对孪生的兄妹
一边是长城　像兄护卫着
一边是湖泊　像妹依偎着

边塞的狼烟　弥漫着
人类掳掠的欲望
虽是土夯的长城
但无数次击溃　对妹的觊觎

云卷云舒　是湖摊开的心情
水轻轻地舔着堤岸
芦苇花　飘出串串音符
鸳鸯　水鸭　幸福得波澜不惊

栈道上　一个男孩牵着妹妹
折一叶芦苇　吹出了童谣
我目光湿润　旷古荒漠地带

185

心灵的绿洲　四季如春

西部影城的燕子

大漠的风　吹瘦了长城
丝丝泥沙回归土地
燕子尘中穿梭　忙上忙下
像免费的群众演员

城墙在拷贝　地道战
突然　乳燕叽叫
惊醒　游人的目光
头顶有巢　探出嫩黄的生命

这么黑暗的地方　燕子
选择了新生命的诞生
使人想起　张贤亮
宁夏　那段苦难的日子

一只燕巢　几份嗷嗷待哺
童年的涎水　濡湿了
我心底的柔情　真想喂投
一个江南的春天

羊皮筏子

坐上羊皮筏子　仿佛坐上
移动的羊　桨好比鞭子
一个划向黄河
一个挥向空中

曾是迷途的羔羊　也险被狼
披作外衣　没想捐出
血肉之躯后　还要
留一张皮　过颠簸的生活

原本是食草动物　会有
怕惊恐水的症状　没想下河
内心　却如此坚韧强大
急流险滩　也不咩咩喊叫

坐上羊皮筏子　仿佛垫上了
中年的行囊　一半充满了艰辛
一半充满了向往　我的思想
已做好冲浪的准备

酒醉吴忠

吴忠的夜色　被酒浸润了
千年　宁海来的汉子
像高脚红酒杯　溢出
醇香的宁夏红

邀来唐朝的李白
一起夜宵　杯中的酒兴
高过酒吧的音乐
和弯月　频频干杯

酒很醇　已分离了
世态与炎凉　人到码头
不用担心中途打劫　生命
正以另一种方式　上岸

夜色正浓　诗和酒
散发　温暖天涯的友情
回程的路上　还不忘
想和明天的太阳　再干杯

印象西安（组诗）

游大唐不夜城

大唐醒着不夜的灯，溢彩
古都。游人一见倾心
融入皇恩浩荡

跟着玄奘取经，牵马挑担
丝绸之路响起
天竺的梵音。再随着
鉴真东渡，惊天之涛
差点淹没，曾经的失明

禅意。路上遇到了诗仙李白
相邀对饮的酒杯，晃出
诗圣杜甫的一弯愁眉
白居易，也欣然赶来助兴
中华诗歌，步入巅峰

科技巨星也纷至沓来

僧一行踩着子午线，孙思邈
掖着《千金方》，王孝通
解着三次方程，和四大发明
硬核组阵，呼应唐诗

魏征的谏言，被流水译成
水能载舟亦能覆舟
星空下，唐太宗一骑大唐
纵马而来。花岗石纪念碑
耸起，天下无敌

徜徉不夜的城。秦腔响起
次第打开纷呈的古韵
大唐的秋千，荡到了槐树下
鼎盛的岁月，被月亮拉远
又被大雁塔的钟声送回

大雁塔

塔有空灵。四面拱门洞开
印度雁塔的影子，飞进飞出
游人，充盈着膜拜的目光
聆听深入骨髓的佛语

钟楼与鼓楼相对。虽未开口
但风铃叮当，摇响

八百里秦川和大漠孤烟
煮鹤焚琴，已化为丝路飘带

岁月的青苔，沿着石级
螺旋式到达塔顶。众生匍匐
已掸去世间风尘。抬头
每一块青砖，都是文化遗产

终究是一羽落雁，禅定大唐
但心怀敬畏。朝着
玄奘取经的方向微斜
小心珍藏，贝叶经般的故事

兵马俑

一把镢头铁铲，竟挖出了
一支八千人的地下军团
番号，属于大秦帝国
任务，潜伏两千年
军纪，不准透露风声
所有的将士，坚守战壕
把话语权，交给了麦克风

或许，那时大漠漫天扬尘
飞沙走石，你们选择了
地下的潜行。或许

那时，地下缺氧
你们选择了，失语
延长呼吸，直至窒息
但仍保持着前行的姿势

或许，那时你们是精兵悍将
渴了，趴在临潼河边喝水
看到水里面，拥有
日月星辰的闪烁
蓝天中白云的飘逸
还有春夏秋冬的美景
你们选择了，留在此地

或许，那时在血雨和腥风中
你们选择了冲锋和陷阵
没有泪滴，但千年后
你们又怕重见天日
哪怕，出土瞬间十秒
因为，你们最惧怕倒下
担心，就像战火灰飞烟灭

或许的或许，世界可以重选
那么，让锻造兵器的实验
转向，如何拯救生命
让兵刃相见，转向
和平鸽衔来橄榄枝

此刻，面对你们的眼神
我有更多心灵的倾诉

嫘祖缫丝

巍巍黄帝陵，嫘祖
却以双膝半跪的方式
手捧缫丝，昭示
先蚕娘娘的忠诚和胸怀
就像当初的地位
依附于黄帝

没有轩辕庙的气势轩昂
也没有祭祀大典时
荣光的聚焦
只有沮河默默流过
就像当初的黄帝
经过你的寝宫

灰玉石的桑叶图案
飘上，你的发辫和围裙
来自田园的目光
晶亮，像蚕吐出的丝
七块地雕，圆了你
引领华夏衣蔽天下的梦

你有盘古开辟鸿蒙之魄
告别荒蛮。人类文明
步入正冠时代
你有佐助黄帝弼政之功
奠基立国，母仪天下
开人文始祖之河

因此，各地引经据典
像申奥一样，纷争故里
塑像办节，朝圣般
将你高高举过头顶
那一刻，其实在黄帝陵
我悟出了，什么叫格局

壶口瀑布

端口与速率无关
但现实版的壶口瀑布
像超强光纤
喷涌，民族之魂

青藏高原的冰川、苍鹰
内蒙古的戈壁、驼铃
黄土高坡的沙尘、号子
一起融进壶口

如歌的版块。上游
河流推搡着显几分忸怩
到壶口，临渊绝唱
将千里黄河一壶悬空

立在龙槽边，我想到了
滴水穿石的故事
我更愿在千回百转中
轰轰烈烈地涅槃

华清池

华清池的水虽清
随着杨贵妃的入浴、出浴
昏了一代君王的理朝

华清池的水太清
能显形出任何藏匿的身影
蒋介石只能介于石缝

华清池的水不清
早已被历史的脂粉所污染
所以，空池警世

华山

华山以论剑的名义
诚邀四方游客
剑指五峰

东南西北中，五峰
采八百里秦川之灵气
集泾渭分明之浩气
壁立成巨石天堑

东峰日出江山，南峰
池可仰天，西峰金莲花炬
北峰上冠景云，中峰
吹箫引凤

挑夫将黄河船工的号子
挑上五峰
游客的背影则像标点
浮在山岚云雾间

仰面华山，沉在丹田的气息
化作远山的呼唤
自然赐予的华宝和风物
处处是景，步步为峰

俞昊杰

笔名爽心，1987年5月出生，浙江绍兴人，绍兴市作家协会会员，柯桥区作家协会会员。多篇作品发表于《诗刊》《星星·诗词》《绿风》《安徽文学》《诗歌月刊》《诗选刊》《作家天地》《散文诗世界》《青海湖》《参花》《青年文学家》《鸭绿江》《渤海风》《绍兴诗刊》、"浙江诗人"（青年号）、"中国诗歌网"（每日好诗）、"中国作家网"等刊物及网络平台，部分诗歌入选《齐鲁文学·中国诗歌2020年度精品选集》《绍兴诗歌年选》。

遇见湖州

"一起去菰城吧
吹一吹太湖的晚风
晒一晒吴兴干净的阳光！"

如果城市热衷于喧嚣
我们就策划一场清凉的远行

如果滂沱大雨骤然落下
我们就光着脚丫跳进水里

如果湖岸的盛夏依旧热烈
那就和西山的小花坐一会儿

如果我未能如约而至
就请在墙角依一把雨伞
我看到了，便会寻来还你……

我饮春风的地方，叫生活
在沃洲路，我将奔赴一场盛宴

餐桌上有清风、稗草、蝉鸣、月光
也许会生咽下浓烈刺喉的酒
也许仅仅是木莲蘸着白糖
还有一碗如生活般难饮的茶汤

柜子上积灰潮湿的收音机里
敲打出低沉的金属声被一首老歌
托举着，秘色瓷的世界地图上
也未能标记一个小小的远方
更没有一条河汉曾用青春命名

我想抱一把旧琴弹唱"溯流而上"
胸膛里蕴藏的那一阵好奇
是不是应该抛诸荒野，才会
慢慢生长出热爱应有的模样

然而，然而
我喜欢屋子亮如白昼
白昼会诞下黑夜的子嗣
彼时，云朵、风灯、月光
还有溺水的星星
都将漂在山村的夜色上

我喜欢独自对着干净的大地
大地会结出热闹的草籽
彼时，黄昏躲进一阵风里

外婆还背着竹篓在坡上采茶
一想起白昼下的大地，如临故乡

我知道，想念本如溪水般绵长
孤零零地流向一场又一场告别
——然而，然而……

俞昊杰

布列斯特点灯人

远远的，白桦林在悠扬的牧笛声中
沿着穆哈维茨河岸眺望落日
垒砌要塞的苏军战士们
正被夕阳的微光吞噬着……

当肉身凝固成冰冷的雕像
镌刻在纪念碑上的无名氏
被厚雪掩埋，广袤的卫国战场
依旧矗立着永恒的军旗
而灵魂还在四处游荡……

布列斯特孤独的点灯人
掸尽橄榄绿旧军袍上的尘埃
祈祷过后，手提古老的火种
擦亮老式气体灯内珐琅色岑寂的月光
去照亮赶往春天市集的马匹

雪域边陲瓦蓝的星空下
恋人将玫瑰藏于身后，掠过熙攘

约定在硝烟散尽的旧车站重逢
——等待
远比人的一生更漫长

生命是一团花火

什么时候能跑完人间所有的荒芜
从黛色霜青的江南，一路向西狂奔
在纳木错湖畔寻下一所干净的房子

那时，在山顶养几朵白云
去甘丹寺虔诚地看一场雪峰
阳光也散发着甜茶的清香

那时，在窗前养一枚月亮
转经、饮茶、骑车、编珠子
星空下河床，盛着干涸的时光

我明知道，思念是一条疯狗
吠着心中不安分的经幡
让人联想到生命的狭小与草木的丰茂

山脚有亘古澄净的湖水
湖水只和山对话：
德吉，德吉……（汉意：幸福）

鼓山暮色

我的小屋是微风下的草木
略低于天空中自由的鸟鸣

枝丫衔着晚风，一朵积雨云
追着红蜻蜓满山谷地跑

偌大的夏天挂在小池塘的荷尖
刚好，是我喜欢的样子

夜色中，那么多紫花苜蓿
挤在一起，等待星空盛开的消息

从生长的山村到群山的额头
我提着一条小溪走了一整天

安静的喜欢

在南窗栽几盆四季的花
看着它们在微风里长大
如果我想你，我便看会儿云霞

在院子里豢养几朵白云
用荷叶包一片月光
如果我想你，我便数会儿蒹葭

我不太懂什么是喜欢
但我知道，当我想你时
黑夜不说话，星子眨呀眨

夏天的故事，很简单
——清新的草木，爬上安静的墙

假如我是黑暗

假如我是黑暗，戴着纯粹的高傲
在灯塔下，一个人种几亩月光
再试着驯养几只落单的晚霞
看重重的夜，嘤嘤地涸过浅浅的岩岬

假如我是黑暗，拥着巨大的宁静
万籁俱寂时，要学会爱自己
风吹过自由的牧场，吹走茸草的慌张
比起草木人间，我更愿意眺望星空的永恒

假如我是黑暗，我将在清晨的琴声中
平静地离开。散落在长桥上的夜空
会在钴蓝色的时光里发芽
等下雨的黄昏，把好梦寄给没有伞的孩子

云山行

秋天一定是夏天努力想念的人
她一来，风吹草色，万物疏凉

于是，夏天翻山越岭
偷偷把喜欢
写进风里，从此
吵吵闹闹的人间
顷刻散作秋山的模样

时隔经年，我站在
悠长的秋风里
向未来的你，道一声"珍重，珍重"
从此繁星拥挤，云波荡漾……

大海的童话

大海出生在孤单的季节
她擎一片海水
变幻出鱼群、珊瑚、海星……

海风把一朵朵盛开的浪花
还给大海，她便和夜空
交换清净的月光

大海轻轻呼一口气
在身上呵出一道虹
喧闹的人群蜂拥而至

昏黄的渔火在荒草间闪烁
臃肿的岸边浮着泡沫、沉船
大海在战栗、呻吟、老去……

一座岛和另一座岛不说话
我猜到了，大海夜不能寐的缘由

溪上云间
楼塔不见塔，伊家店不见伊人
格桑花盛开的地方
就是我的家

我急切地和芦花打个照面
和一片甘蔗林
长久地伫立在溪水边
像经年未谋面的老友

秋天的仙岩
如日色温柔的长句
风一来，便觉
溪水清澈，山花可爱

该如何回应母岭的翠青
无非是桂雨落进了心田
无非是在村口路过
讲故事的古樟

如云唤山，如鸟唤林
从一个故乡到了另一个故乡

鉴湖水娘

天空的蓝从南边来
先于清晨的鸟鸣

檐上的青瓦醒了
冉冉升起几点炊烟

水娘也醒了，撷起
一朵水花别在胸前

竹篮拨动流水声
合拢是诗，泅开便是江南

阳光好的河面上
稻花完成了交割的仪式

水娘在鉴湖八百里的青翠中
打捞起生活的丰盈

遇见楼塔

喀喳，喀喳……从萧富古道上
隐约传来佳山纸坊叩竹春臼声
挑竹料、做土纸、铺石道
楼塔人在青山中生长，更在青山上眺望

呼哧，呼哧……从陈氏土烧坊
众人抬出一缸缸绵醇甘香的新酒
酵曲粉、选高粱，配荞麦
台门里阿爹在窖藏喜悦与憧憬

欸乃，欸乃……从芦花纷飞处
村民们把生活晾晒在向阳的石滩上
阿娘在洲口溪边轻摇着桂花扇
从童年流入，在暮年休憩

啁啾，啁啾……山雀清了清嗓子
叫醒古道上沁凉的朝晖
人在洲口桥头啪嗒啪嗒行走
顷刻，清甜的桂雨已落满头顶

微尘

该把生活的不安藏哪儿
在这安于狭窄的城市

一个人从深夜醒来
会想念一匹笃信自由的马

白月，收留窗外打盹的黑猫
街道被路灯温和地治愈

热闹告退，孤独滋滋有声
失重的灵魂仍在迂回游走

当理想是理想高尚的修辞
遗憾便是遗憾沉默的开始

不要轻易走进空阔的夜色
光和色彩瞬息变化，消逝

而你我本如微尘
仅在坚硬的人间拂过

周小波

20世纪60年代生于浙江杭州。出版有长篇小说《城市野草》及若干中短篇小说。诗歌散见于各大报刊。《浙江诗人》编辑。

听潮

在江边，矮下来的黑和冷勾结
禁锢了所有的风月
没有三弦、没有小鼓的助兴
吟不出钱王射潮挽大弓的气势
可身后的蛙鸣，存入神秘耳蜗的迷骨路

月是涌潮秘密的情人，女神勾引
江水竖起，唱着进行曲
夸张的自白跌痛了诚实的浪花
风竖在刀口上，充当英雄的赝品
把春切成一片片哆嗦的修辞

站在江边，你不说话我不说话，听潮水说
寂寞是一件宽大的睡袍
即使喊出你的名字，里面也空荡荡
冷风翅膀歪斜
乌鸦般飞上了星星闪烁的枝杈

生灵物语，小螃蟹横行快跑
卡在石缝里的影子扭着臀，等潮钉进去

蓝莓小镇

在丁桥，春田花花四处招摇
油菜花、桃花、蓝莓花儿都次第开了
爱情酿造着香味
四季桂却像偷情的妇人
乍暖还寒时，偷来了九月的芬芳

蓝莓花用雾一样的眼神勾引
在只能相望的花蕊间，蜜蜂传递了爱情
善待失恋的蓝莓少女
她离桃色太远，风一吹就凋谢
那个女子蹲下来，像是穿着一条蓝莓碎花裙子
站起来，她却没穿走

假装生性风流，带着口音
美感就在喝了一杯之后
在丁桥，无需用高尚的词来摆渡
散装的风把爱情出轨，没空搭理放风筝的女孩
她想做个会飞的小小鸟

边上那条通往旧上海的沿江柏油马路
有旧故事，蜿蜒得转不了身

凌晨，在三门夜宵

——大年初三与天界、峻兄、老玉米、道通、帽子王、阿罗等兄弟们在三门夜宵

凌晨，在三门夜宵
我已喝不动了，酒硬成了石头
石头燧出了火，火焰摇曳
诗的碎片带着鲜和醉的湿味
变得魔性十足

被水注册的云，南移到了头顶
雨被灯光擦亮，子弹般穿梭
三门的风是微咸的
三门的雨水醮着鲜
海之味如风暴停留在唇齿之间

黉夜，牛撒开了翅膀飞向草稿
兄弟们的酒里，全都是饶舌的旧话味
扯一段风，擦擦醉意
车轱辘继续来回转，下一站也不停
喝醉的人，不会谦虚酒品
不会主动下车

热了就敞开胸，和远方劳作的渔民一样
穿过黑暗的隧洞，闻到黎明的气息
我已买不动这个夜的单
酒壶已空，废话很贵

僧帽水母不是海蜇

海蜇是水母
僧帽也是水母，也来自大海
来自蓝色的国度，一个蓝色的精灵
即使是被浪调戏上沙滩，睡着了
你也别碰我

看上去柔软得没有敌人
虽然没有蛇一样锋利的毒牙
没有迅捷的动作
没有骨骼、没有翅膀，甚至没有思想
只有本能，有比毒蛇更凶猛的毒液

会让人有十级的疼痛，生不如死
会像女人难产一样的夺命
会让灵魂出窍，神魂颠倒
会留下入十八层地狱的鞭笞伤痕
会榨出你这辈子所有的恐怖尖叫

你别惹我
我不是海蜇，我是西班牙战舰
请你不要惹我

周小波

春天，另一种气息存在

做一个小心翼翼的人
避过伤筋动骨的硬笔，用羊毫渲染
冬水斩腰摆尾，冰凌松动了黄河的牙齿
如凶猛的獠牙野猪，横冲直撞
沿路磕碰着河流
推开二月的门，三月就在
史诗级的春天穿过枯叶又来了
翻到了下一页暖阳，光斑落了满地
春天的呼吸凋零了内心的寒冷
意象丰沛，倒影生机勃勃的词汇滋生
诸如：思春、叫春、闹春……

挤满风的老巷，没看见油纸伞和丁香一般的女人
没有妖娆的站街女和职业乞丐，也缺了年味
拐角石碑上刻着："泰山在此"
有着虚婪的高度，不知是挡鬼还是挡人
可还是挡不住倒春寒妖风四起
颜色一直在诋毁，积云掩埋了阳光
黑白的无常和多变

很多不得意，埋在逃亡的时光里
焦灼于城市的血管里没有盛开的桃花
只有醉汉般的汽车压着春风
回城的人正在路上拥挤，尾气蓬勃

雪的慢板

雪，脚步很轻
忽略不计的轻，却排列着最大成分的欺骗
你所见的，并不是你所想的
细腰的风此时显现了赤裸的扭动
雪花篡改了水的方式
灵魂的翅膀没有干
绵软的意象从童年缝隙里挤出了水分

雪天，诗是个病态的孩子
努力架构着那些丢失了温度的手

只有一些爱，热切地活着
可以去思念
思念那些魔性的细节
或者，从梦里触碰一下丢失的痛
让神来提示我们寻找的目标
雪的故乡来自天堂

雪另一个叫冰的兄弟
潜伏在路上，比故去的声音更滑

上帝之手

半梦半醒时是最惬意的
从指尖蚂蚁般的触角传递敏感
红豆攥在手心，潮湿而温润
醉了醉了，谁能破解古人红豆与相思的密码？
假想抱住了风，蛇一样缠绕
四月的西关客舍，绣娘披着梨花
溪水柔软，疯狂地长出了白色的舌头
坐爱水边亭，寒风穿透了身体

庙宇藏在深山，赶脚僧人从云雾中走来
超凡脱俗。而我深陷世俗
跌落的钟声，拎着时间的骨头四处晃荡
天使的羽毛，沾满晨露，沾满交媾的花粉
过敏风流的喷嚏打得山响
回声挂着空挡，卫道士碰壁迷途
上帝用冰冷的手重新塑造
取北方的土、南方的水再捏一个丰乳肥臀的夏娃
陪伴终将老去的我

虽然，我们的名字也会用旧
但会刻在时间的骨头上，不许遗忘

春已等在树梢

冬是一颗带毛刺的钢钉，打进骨头
导入冰冷的疼痛，炼成了一条佝偻的困兽
酒是好药，让体内的小兽复活

费力码了半天的字，肃杀出一片整齐的乱码
莫非是地外文明的评论，似乎说：
　"删掉伪娘般做作的假激情，春已等在树梢！"

蛰伏在愤怒的风声上

失重的桨声回荡着空壳般的寂寞
浪肉感地拍打着船舷，在和空壳做爱
城市的灯光汹涌到江边就断流
黑色跌落，阴影
在沟壑中吐出浓厚的废气

疲惫是这个城市走调的黑胶旧唱片
那个丰满的写着"拆"字的女人，不是走向我
涂着油彩的指甲划分，界定了嘴角的方向
有人躲进了她的身体
也有人点燃了身体

雨不管你的心情，城市都有着水泥般坚硬的心
乌鸦像淋湿的小鬼，在佛殿前躲雨
即便堕入十八层地狱，也得等雨停了
我和它都在等
我想找朋友喝酒，它却在安静地喝水

贫瘠的夜把一切都吞噬了，我假装没听见
真理的反光蛰伏在愤怒的风声上

暗香

暗香，来自这个女人般孤独的季节
在梅褐色骨感的虬枝里悠荡
春还有一墙之隔，谎言留守着全部的空白
为季节守了清寡
墙外细腰的笑声扔了进来，在心里滑了一跤
一场雪的小脚路过，在花蕊中小住
即使有大把的散碎阳光
那蕊中的冰凉仍然在低微的呼吸里
透出流浪在冬日的忧伤

风是无聊而闷骚的中年男人
弯曲的眼神，在午后像猫一样狡猾
一场约会迟到了很久，思念的子弹穿透了时光
竟然有一种刺痛的快感
阳光下，处女般的梅变得晶莹剔透、暗香浮动
像个待嫁的新娘，眼神迷离
风抬着十六人大轿，在残雪中颠簸
但这些都不重要

要学会等待，即使把自己等待成一座钟
敲碎光阴，蝴蝶还没有醒来

岁月，在白堤上的纠结

风僵了，湖面冻成了镜子
斜挎着酒壶，坐在长椅上半醉半醒
想小结一下自己：
这些年，掰折的尊严拐着成了桃树
旧了的爱像白堤上失去了绿叶的柳条，赤裸而放荡
走马灯上走的女人不是我的露水
月光挤出了水分，捞起来的孤独全是湿的
包括多汁的理想
有冰冻的吡啵声像小鬼爬上了岸

摘下酒壶喝一口吧，分开季节的界线
让风也来一口
让它最好妖风四起
别让冬日的假正经把春天给湮没了
嗨嗨，乱操什么心？
那个穿着黑衣的失败者，是醉了的影子
湖面上，渔夫点着汽灯捕鱼
捕不走的只剩鱼尾纹了，给中年一记小失落
走着瞧，唱本还没落幕

来自西伯利亚的天鹅，脑袋裹在腋下的羽绒里
它把寒冷寄还到北方
天多冷啊，没长羽绒，好在酒是一件贴身的小棉袄
情侣们有爱情滚烫的温度
把那个人当成了乞丐
这样挺好，颓废包裹了所有的愤怒和反抗
先知说：
你连岁月身上的一坨胎记都不是
可别把自己当螳螂挡了车，多堵心啊

和神握手

我想做个隐者，不一定要穿个黑斗篷
手上不一定拿镰刀，但心里藏着刀
喝酒是为了兑换梦，没准会碰到先知或圣人
少走弯路，少湿鞋
不想虚度每一寸用命换来的时间
酒壶里藏着乾坤
耳朵挂在风上，制造出错觉也挺好

烟缸里的烟灰，诗一样飞起来
看了一眼窗外
带着闪电的影子，是把丁香撞香的那个人
闯进这个空间的是上帝吗？
是在改写另一本创世纪？
雨夜染酸了流浪狗
破了声的寂寞，嚎出了狼的声音
给这个城市添了几分虚假的野性和放荡

冷雨凝固在黑色的玖瑰花瓣上
缺陷的美归顺了语无伦次

因此诗也带了锯齿，把心锯痛
忍不住，那就喊一声
进入半梦的国度，想象和表达的世界
把密码传达给受者
握住了上帝繁忙的手，手心都是汗

妖啊，这厢有礼了

总想在松林间归隐
与自然接驳，装得像个自由人一样
披着带着铜锈的月亮，如果
有个人陪伴会更好
当然是异性，孤独会被授带鸟衔走
酒走成了花边

在月下，树木是躺着行走的
躺着挺好，迷彩着蝉翼般轻薄的生活
左也轻薄，右也轻薄
看远处拖泥带水的绿皮火车
装满了遗老遗少带着儿字音的谦卑
亢呲儿，亢呲儿……

黑暗中老是会碰到假想的敌人
豹或者蛇
在某棵成精的大榕树后，吓唬
阴谋论者在松果体后暗暗蛰伏
把睡渣进行到底

影子弯下腰，握住悬崖下的怪物
妖啊，这厢有礼了

声音

长乐镇的采药人，身上散发着松针的味道
他精通百草，却目不识丁
那年暑假
父亲用一瓶长白山人参酒的贿赂
让他收我为徒，那年我十七

他常带我去山里采药，觉得自己像放飞的鸟儿
一日，夕阳架在山坳和村子之间
采药师停下脚步，一脸凝重地侧耳细听
突然拉着我奔向一块大岩石上
随即从背篓中拿出采药的小锄头，敲打着石壁
他急吼：你快敲，使劲敲

许久，他脸上的肌肉慢慢松弛了下来
说：总算走了，那是狼
风声呼呼，我说什么也没听见呀
他紧巴巴一笑，说：
晚上回不去了，狼叮着呢
没准就守在哪个路口

我说晚上不回去，你老婆会担心吧？
他说，不会了，她被货郎拐跑了
我辨别得出狼和豹的声音，却没听到她的心声
大屁股的婆娘总是守不住心
药师转过了身，肩膀被风吹动
他的泪水穿透身体散发着松脂的香味

茶就是随身的故乡

行李箱左上角的空位
是留给龙井茶的
尤其是去北方，必须填上空缺
当被异乡的孤独叫醒时，都会用玻璃杯
沏上一杯
最好是江南柔性的桃花水
看茶初蝉般打开卷曲的翅膀，让透明飞翔

北方的水太硬，水碱更如屠刀
易杀死灵气
茶与禅的会面在掌心便有了难解的陌生字
"大抵禅道惟在妙悟
诗道亦在妙悟。"
喝了茶就悟了道，这话像打水漂
妙悟一直被关在门外

都知道，禅和酒是颜色和重量的关系
我的嘴唇难以选择
可酒越喝心越窄，话越积言越硬

而茶却会拿走孤独的小虫
让你把空裹上气泡
眼眸透过薄雾钻出故乡的样子
沁人的绿茶自带回甘
美女兰指一掐，就典藏在春天的细雨里

穿透自己，亲吻余温
其实，这龙井茶就是随身的故乡

闭嘴

家父很沉默，话语被回头蛇反咬了一口
于是二十多年的圈禁生活
变得比枯井还深沉
他无数次告诫我，把嘴装上了拉链
以致后来
我拿起话筒就像拿着枪
对着自己的脑袋，等着自己造的子弹

也有例外，喝了酒
一些带刺的话，不留神会掉出来
事后总想用橡皮擦，擦去痕迹
一个哥们悄悄告诉我
这算什么？
很多评论家基本不讲人话

更有例外的
那就是碰到了爱情，嘴上的拉链便会突然坏掉
有些字会重复
好多遍

周小波

在虚构中体味虚无

坐在阳台上，喝茶
茫然只是脸上的一个代号
比虚构更虚无
茶叶的伤口带着指甲的刀痕
沉浮在玻璃杯中

乌云从远山的眉毛处涌出
描黑了城市
阳光却在另一处，刀锋闲置
情深处孤独疯长，等闲时
风吹成了一道悬崖
吹到了虚线之外，撰写碑文

过往龟裂纵横
风化着广场上所有走动的笑脸
正午时分自由的影子在脚下
少女笑容的倒影也汹涌在颈下的春天里

肆意长出了一只翅膀

被风梳成一个方向
这样多好，假设成了飞舞的禅意
在虚构中体味虚无

沉沦

城市的切糕正在渐渐冷去，如同失温的翅膀
信仰似乎还在，只等待着
善良的傻瓜出现
狼毒草制成有毒的尼木藏纸，印着神圣的经文
凡事都有着两面性
穿墙术流行于都市，径直打开黑的暗格
那些箱子里藏了太多的秘密
可一场感冒把耳朵推到了前台
我的左耳里灌满了呼噜声，却听不见别的
只有酒是疯狂的解药

这一年过得老生常谈，嘴里长出了鸟
缺少惊艳与一飞冲天的好心情
小酒杯子空着
酒会让女人的水蛇腰更加缠绵
红舞鞋掉在泡水的镜子里，挠不到里面的痒
尾气一样的眼神，小股的恶毒是负数能量
让夜逮捕黄昏
让雾霾逮捕蓝天
没有烟囱却还在汹涌吞噬
每个尾气管都是个精致的小烟囱

朱碧璐

女，1987年10月生于绍兴。文学硕士。中学语文教师。杭州市作家协会成员。

目睹

那个时候
昏黄的月色
沉默在油纸伞的顶头
我们隔着灰色的夜
像两盏稀疏的灯
照向一条注满雨水的街景

你却没有在我的过去
将我掠夺取尽
你知道灯影的快乐只有一夜
它们等待一场剑拔弩张的盛宴
你应该抛下碎裂的头颅，
目睹这一树雪松被焚毁
燃烧殆尽
唱出灼热的挽歌

光明已来
一切都没有发生
我只好看着街灯熄灭

让正直覆盖它的血肉之躯

献上心的俚语

光明已来

我要带着六本书，一副战甲，三个故事离去

不看一眼

我丢入泥潭的背影

念想

我关上窗，转过身
秋日的艳阳如一弯碧血的长剑
割断来世的想念
爱是思意，是落寂，是硝烟，是战役
是山穷水尽，风雨欲来，长歌似锦的一缕愁怨

我将不会告诉你
关于星辰的最新消息
他们在秋的远方注视你
你可曾在午夜深倦的梦中，发现它的模样

从不说话
也不试图发出隽烂的光芒
像雪花，像幽潭
那样酸楚的姿态
要自己来抗

还要多久呢
念想

它在秋雨深泽的暧昧里
吐露不着边际的丝语
不光彩
不奢靡
它从来就甘于寂寞
习惯独处

我的心，挂着一扇帘

等待端方的你轻轻地撩起
恰好，你不在
我仍是曼妙的女子
看年华匆匆走过
不惊扰
不喧闹

思念如烟，似河

她撑开十四骨的青竹纸伞
青丝湿了朝阳
暮霭沉沉
烟雨涨满了乌子深巷
思切时
已非一朝一暮

姑娘生前可否遇见小生
她抬头
锦冠华裘的俊美少年
她收步，漠然。
不曾
她摇头叹息
刻意压抑的声音，如剑在鞘中，欲出

落荒而逃
飘出的信纸躺到地上
沾湿了，墨化开，如烟
浓浓郁郁

一片青灰

思念成开河
欲流不息

是你

时隔三年
画卷铺洒开她寂静的深喉
石磨的短笛泣血的簪发
夜轰轰隆隆驶出一席山脉
你说山脉有光的俑蕨
不孤单
我奏响遗落的独鸣
愿月光唱亮沙漠　沙漠倾倒黑白
我的帕娟绣着你许久前颦蹙的眉峰
他们诉说回转打响

亲爱的男子
夜航的踪迹出卖了你
风透着你的鼻息
和你剑拔弩张的危险
不是海
不是孤寂
不是背叛
不是预言
是你

踽踽独行

这深厚的刀剑
早就射穿了她的心脏
不知道出于什么原因
她还在丛林里踽踽独行
　"她大概想找到水源，她想清洗伤口"

其实大可不必这么做
浓烈的黑血早已将她全身灌醉
血管里只剩绝望
溪流也从不真实存在
雨水冲刷不了这黑洞般的伤口
　"但她还在踽踽独行"
刀剑早已射穿她的心脏

不，这绝非行尸走肉
我看到她背脊射出的
枯槁的飞翔。

拒绝世界

他的脸上篆刻着被世界拒绝的符号
日出日落
符号如千万条鱼儿在他脸庞游动
"多年以后，我再一次见到他，是震惊的"
他扛着锄头
走在夕昏郊外的长街上
背影像极了一只蟑螂
这倒没什么
我试图通过高歌一首泰戈尔的《吉檀迦利》
来让他转身——那是我们昔时热爱的诗篇
很久很久
直到我的喉咙干竭
他也没有回过头
"那些小鱼儿游下来"
汇成一张拒绝世界的脸

春

血的春雨究竟是落下来了
利剑一般，所到之处
尸骨无存
这个季节被赋予的优美符号
早已荡然无存
她岂止不优美
她还无耻，做作，虚伪
戴着人皮面具的无头女鬼
不
不要跟着我
你黑色的影子爬满吸脑髓的虱子
你斩杀的
是平静心安的灵魂
不
不要跟着我
你可以向人间散播慵懒的谎言
但我拒绝接受你
辽阔的幻灭

爱恋

我和你在林间拥抱
我放弃了月光的倒影，星辰晦暗的视角

我在汲取你唇边的暖意
那侃侃而谈，不忘初心的甜蜜

我选择在夜里出行，即便泪迹迷失，
而子夜也有了另一番穿行的媚姿

我在勾勒你的心魄
你心魄深处的，不为人知的角落

我在你的气息里寻觅
一场风雨，
一场革命，
一场战役。

朱碧璐

我的掌心有一颗痣

我的掌心有一颗痣
它攥着古老的墨迹
天际浮泛的星辰
爱与湿雨的怯昧
梧桐晓梦三生怨怼的孽烂

它攥着大地的抒情
河与山的注目
三百对大雁的南翔

它攥着一个人的体魄
在光的无涯的荒岸上
它攥着一个女人的
无言的梦

随你东西

不必如此惊慌失措
田野还在消化他的粮食
道路也正在整装他的无畏
风在收敛他的怒火
城也渐渐收拢，他奔波累赘的光线

不要惊慌
你吃剩下的半个苹果还躺在餐盘里
你的头发还很干净
你眼角的细纹正在慢慢淡化
你还有胸中的词汇
撑起你丰裕的天下

不，不要惊慌
进化中的人感到孤独无依是常有的事
管好你的酒杯
不要让他空虚
管好你的宴席
不要让他散场
星辰江海
随你东西

可惜

可惜
枯叶一样寂静的黄昏
海浪从泥潭翻滚出头颅与心脏
它们尖厉的嗓门扯着发疯的调调
哈哈
时间，你就是个凉薄的笑话！

可惜
身着红色燕尾的英国绅士
撩起他引以为豪的时髦卷发
小不点儿，
扔掉你那副做作的行囊
跟着哥们去忐斯兰河晃荡晃荡
那儿有熊烈的威士忌
火热的女郎
那儿的兔子可以吃下十磅重的狼

可惜
可惜船只借着东风划向了另一个港口

那里风平浪静，飞鸟跃出了另一番自由的魅姿
那儿的女人挺着保龄球的双乳
那儿的男人，束着礼冠，金光熠熠
平和的天空拼凑出一轮纸做的月亮

可惜啊
寂静的人被海浪压碾
活着的人与死人为伴
清醒者在地狱喘息
糊涂人在月下舞蹈
荒谬的世界制造不幸
真诚的人们剜下眼睛

我有一个美丽的故事

我有一个美丽的故事
是什么?
被白雪照耀的城市,异常的明亮呢!
那么秋天呢?
野菊花香飘荡的秋天,是谁带着陌生而迷人的脸庞,又是
谁的牙齿健康而润泽呢?
呵,那就要问你的心了。
我的心?那跟着白云一同飘走的心么?

我带着甜柔的寂寞,
和采蜜归来的蜂儿一起,
静静地站在铺满枯黄梧桐叶的老树下等你
你知道吗
你这个从异域归来的王子啊
我们在温情的黑夜下许愿
你将扛着并不美观的老家特有的苹果树
和你那朵大大的笑容,还有一首诗,一起送给我

你为什么还坐在那里,摇动着你白皙的双脚,带着脚镯子
叮咚作响呢?

我甜蜜的朋友啊
有没有人曾告诉你
早晨的时光快过去了，流荡的云朵聚集在田野高地的天边
它们对你悠闲的笑脸留念不已呢?

这个城市闪耀着太多星辰般遥远的秘密
冬日的残荷留在寂静的湖泊里
等着上天恩泽的雨水
仅仅只是为了组成一幅诗意般的画卷吗?
即使爱只给你带来了哀愁，
也要信任它，拥抱它吗?

你的疑问的眼睛是含愁的
它像月光一样，总是在试图追探我的意思
我亲爱的
我把所有的我，我的心，我的身体，全然展示在你的面前
没有任何隐秘和保留
所以，你不认识我了

不要紧
整个早晨，我都在编一个花环，但是花儿掉落了
我真该给你一个恶作剧的吻，然后问你
这是谁的错?
哦，我没有说出一个字，那是藏起的鸟儿在密叶中歌唱
不，不是我
这仅仅只是一个记忆中模糊了的，
美丽的故事

雪落

雪从高处落下，
路灯彷徨着，行路人匆匆。

雪落在车窗，落在边角的灌木丛
落在街道，落在发梢和衣襟里
像一个人的痛苦
他曾向寂寞的月亮久久凝望
这世界哀鸿遍野
他指望星辰和海浪的救赎

雪落下来，落在屋顶和立交桥上
落在被遗忘的旧河道中
像一群人在风暴的插叙里集体哀默
它是一座城市的岁月雕塑啊
它走过许多年，见证一切事
它煽动过火，浇灭过光
它净化过人，毁灭过城
它缓缓地，不急不慢地，声色悄然地
像早有预谋，又仿佛不期而遇般

寂静地
飘落。

我只是你庞大的承受者之一啊
有着力所能及的爱
和
不可复制的
悲凉。

海

你一定见过海
不然你的身线怎会起伏
延绵荡漾，
像礁石插入水中，美梦荡醒的快乐

你一定见过海
我也曾在那探行
月光隐晦
薄纱一般，若即若离
她在暗示我
秘密
我坚挺的游船，追随她的指令
一直驶向
风暴的中心

你一定见过海
我笃定
你眸中波涛翻滚的热情
像树的根部伸向泥土

伸向
像海一样
黑色的地狱

沙漠

交缠的身躯延起一道水沟
他们无视上帝的计划
打算将海引渡

凭借与生俱来的肉体
张弛有力，效忠节拍
凭借风与雨的助力
凭借阳光的躁动，氧气的清醒
凭借
对无际天空自由的热望

他们立志灌溉沙漠
哪怕枯竭，休克接踵而至

汗水
如星星的咒语
撒向不安之世

帽子

那是一顶黑色的帽子
凡是语义与声明所触碰的边里
都与它无关

那是一顶清晰而简练的帽子
它的盖顶
装裱着人之宣言——忠诚，且富有韵律的权衡
而伪善的快乐
藏在帽里，与无知的头部翩然飞舞

那是一顶堪称无与伦比的帽子
它被赐予某种生命节制却张弛有度的象征
它贪婪，却固守一地
它背叛，却充溢真情
它时刻在仰望
也时刻在沉默

它只是一顶黑色的帽子

我怀疑

我怀疑意义。
我怀疑硬币的价值，
我怀疑
马路构成的必要性。
我怀疑呼吸的长度
怀疑愁绪在某个不知名的瞬间塌陷
我怀疑劫难与
仰望繁星的温度
我怀疑低垂的，色彩的，交错的时间
每一次迈开步伐的初衷
呐喊的孤独之夜

我怀疑
怀疑本身

时间割破我的咽喉

时间在割破夜的咽喉
沉默的血
从我骨髓深处迸溅
黑色宇宙的黑色
刺穿我奔涌的心脏
在光的暗流处
我迷醉而亡

神迹却在这恍惚的一瞬
舒展他仁慈的齿牙
别怕信徒
你看星空和风正谄媚调和
雷击也恰到好处坠落
沙尘与悬崖翻滚
猎豹飞翔于石砾篝火间
映写在铁马战旗的股臀轮回
正在张开他不可思议的
子宫

多少年后
三万公尺外的一抔土
时间的尘
在它腥黑的腹中重生
馥郁而出的荆棘
吞噬着路人的美梦
我苏醒后的瞳孔被千万只尸虫
滋养

这是谁的过错？
时间和神不过是你梦境里懒散的笑意
宿命和爱
踩踏着江流的尸骨将世界的信仰
埋葬

叠加

那不过是四万三千两百八十片树叶
在多年前，一次突发奇想的爆破后，
被脚下怀揣记忆的热土吸引
它们纷飞
像船帆寻找风的方向
像笔尖探索梦的释义
它们铆着劲，安排出一种轮回的密码
然后，叠加
成一棵树的蓬勃

是啊是啊
其实拐弯处寂寞的街角
也正在悄悄延伸
向四万三千两百八十道新街
向四万三千两百八十座新城
在一次出人意料的毁灭后
石块开始伸张出不可思议的生命的触角
互相攀爬，勾结
用力呼吸，叠加

成一个国家的兴亡

而事实上，
我的背后正在生长四万三千两百八十张脸
我确定她们长相一致，性格沉稳
在一个黎明暴雨的夜晚，当她经受绝望
脸和脸开始呈现颇为丰富的质的变化，
她们谈笑风生，一本正经
她们落落寡欢，愁眉莫展
脸渐渐凹陷，坍塌，并开裂出无数张新生的脸
那是叠加的命运，可能与走向

既然
实体的无限是实体的消灭
宇宙不过是宇宙的叠加
我
又何必在意其中一层的指向？

图腾

沉落像不甘的手印
匍匐过战火的高地
他束起长发
风雨梳理眉髯
画出远古图腾的异兽

我的背脊绞痛
举起冷色棱刀断裂开一个少年
透着尸气和决绝的
美丽坟场

恋

我不看月亮
也不说想你
我打算偷偷瞒着月亮
和你

野豹

金星亮起来的时候
我穿上红色的鬣毛大衣
带上一壶酒一把烟
决定猎艳一只矫健，修长，充满力量的野豹

无法转移目光
当野豹在草原奔驰，流畅的肌肉线条借着月光
散发出类似金箔的刺眼光芒
像是被神的双手坚定拍示
天选之子
你稚嫩而野蛮的欲望
专注又毫不留情的猎杀
每一次挥动你有力的四肢
踩在石基上，眺望远处
姿态
像极了神自己

我索性远远坐下
丢开我的酒，丢开我的烟

勇敢接受自己
惊叹于一只野豹的辉煌
是啊
一个年迈的女人
爱上一匹稚嫩而骄傲的野豹
是情理之中的事

二行诗

你的铁链，匕首和眼睛
鞭笞着霓虹，花火和岁月

我站成风的姿态
渴望和大地融汇，和大海相依

你滚滚的锈色吞下裸露的夜的旁白
镜子写满了它的咒语

我的颈环，长刀和嘴唇
舔舐着雪月，狂沙和诗篇

你演着屠户与狼的戏码
期待征服一切燃烧的死尸

呵
一手触摸深渊
一手触摸美
这是不可能的

睁瞳

睁瞳是黑色的
它在我的手上淌着冰冷的血
看见它深处
旋转的四边形迸射涌进
像花开出千百只脱了皮的指骨
而边框是骨灰的死寂
像女孩撒开斑驳的眷慕
无人回应，她
终于躺进睁瞳
中心的棺木

睁瞳是落雨的
像红色星球四处喷溅的花火
冰的，热的，红的，黄的
呵，我明知道会化成失魂落魄的野雁
仍不顾一切
飞翔于寂寥而雷电轰鸣的
深凉
你撑开一柄五色伞
拒绝了这声嘶力竭的演奏，只剩我

糜烂在
睁瞳的雨夜

这是罪恶的睁瞳
它流尽了不被允许的泪水
向本该望见蓝色的世界的温柔
偷偷注入地狱的风潮
向一个从不说话的木偶
竭尽所能地凝望

这是被抛弃的睁瞳
我轻轻合下书的扉页
叹息然后
一口咬下清晨的霞光
把这卑微的亮喂给睁瞳
拭去它干净而泪迹累累的爱情

我试图合上它透明的眼睑
想要修整它疲倦的
紫色疤痕，
我颤抖的双唇
亲吻它凸显的瞳孔
试图给它一些暖气，和共情
哎，它却一动不动
用死
定格住
执守的人间